·衛斯理小說典藏版 14·

老貓

衛斯理
親自演繹衛斯理
《老貓》

新之又新的序言，最新的

衛斯理小說從第一次出版至今，歷時已近半世紀，總共出了多少正版，還能計得清，若是連盜版一起算，那就算找外星人來算，也算勿清楚哉！不知能不能也算世界記錄。

算得清好，算勿清也好，能幾十年來不斷出新版，說明不斷有讀者加入，對作者來說，沒有更值得高興的事了，謝謝所有喜歡衛斯理的人，謝謝謝謝。

倪匡

二〇二〇年六月四日 香港

幾句話

寫了四十多年小說，論者將拙作分為三個時期：早、中、晚。在明窗出版的一批，屬於早期和中期的上半。三個時期的創作風格有相當程度的不同，所以風評不一。本人並無偏愛，但讀友對早期的作品，頗有好評，大抵是由於在早、中期作品之中，主要人物精力充沛，活力無窮，所以使故事曲折多變，小說也就格外吸引。明窗出版社此次重新出版這批作品，正好讓大家來證明這一點。

四十餘年來，新舊讀友不絕，若因此而能有新讀友，不亦快哉！

倪匡

二〇〇五年十一月六日

序言

在眾多的衛斯理幻想故事之中，《老貓》引起的注意，在十名之內，很多人談論過，其中貓狗大戰的一些片段，更多人喜歡。

《老貓》的設想，其實也是外星人有家歸不得的延續，從《藍血人》開始，一直相信，外星人再英明神武，但是在離開了屬於他們的星球之後，總不會有什麼好處。藍血人如此，老貓如此，《支離人》中的牛頭大神也如此。這或許只是地球人的一種想法，事實究竟如何，自然不會有定論，小說畢竟是幻想的成分多，很多觀念其實全是作者的觀念。

關於外星人來到地球，只是以一束電波（或類似形式）前來，到了地球，再覓形體的設想，創自近二十年前，堪稱新鮮之至。進一步的設想是，將來地球人探索浩淼宇宙，多半也以這種形式前往，人的身體又累贅，又活得如此短暫，決計無法擔當這種重任的。

衛斯理（倪匡）

一九八六年十一月四日

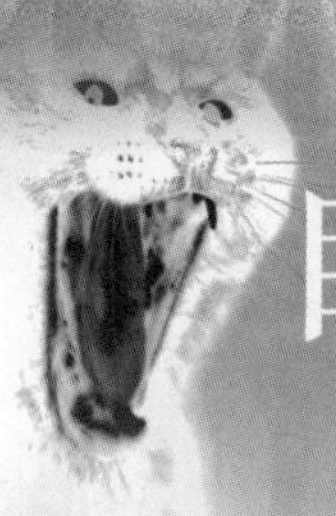

目錄

第一部

不斷發出敲打聲的**怪老頭**

天氣悶熱得無可言喻，深夜了，還是熱得一絲風都沒有，李同躺在蓆上，拚命想睡着，可是儘管疲倦得很，還是無法睡得着。

李同睡不着，倒並不是因為天熱，最主要的原因，是因為樓上發出來的吵聲。李同搬到這幢大廈來，已經有大半年了。

大城市中，居住在大廈內，就算住上三年五載，樓上樓下住的是什麼人，也不容易弄得清，李同自然也不知道他樓上住的是什麼人，可是那份人家，李同在暗中咒罵了他們不知多少次，那家人，簡直是神經病。

李同才搬進來的時候，聽到不斷的敲打聲，還以為樓上的人家，正在裝修。本來，住這種中下級的大廈，根本沒有什麼可以值得裝修的，人擠在那種鴿子籠似的居住單位之中，只不過求一個棲身之所而已，如何談得上舒服？

但是，人家既然喜歡裝修，自然也無法干涉，於是李同忍受了兩個星期的敲打聲，然後，靜了兩天，那兩天，李同睡得分外酣暢。

到了第三天，李同才一上牀，敲釘聲又響了起來，李同自牀上直坐了起來，瞪着天花板，咕咕噥噥，罵了半天。

自那天後，樓上的敲打聲，幾乎沒有斷過。

李同也曾在窗中探出頭去，想大聲喝問上面究竟在幹什麼？可是他只是向樓上瞧了瞧，還是忍住了，樓上樓下，吵起架來，究竟不怎麼好，他想，過幾天，總會好的。

可是，樓上那份人家，真是發了神經病，每天晚上、早上，甚至假期的中午，總在不斷敲着釘子，大廈的建築本就十分單薄，樓上每一下敲釘聲，就像是鎚子敲在李同的頭上一樣，李同幾乎被弄得神經衰弱了！

而今天晚上，當李同疲倦透頂，亟想睡眠，樓上又「砰砰砰」地敲打起來之際，李同實在無法忍受了，他自牀上坐了起來，怒氣沖天，心中還在想，再忍耐兩分鐘，如果敲打聲不在兩分鐘內停止的話，那麼，一定要上樓去，和樓上的人講個明白。

當他坐起來之後，樓上的敲打聲停止了。

李同等了一分鐘左右，一點聲響也沒有，他打了一個呵欠，睡了下去，可是才一躺下，又是「砰」地一聲，釘子跌在地上的聲音，鎚子落地的聲音，全都清晰可聞，李同真到了忍無可忍的地步，他陡地跳了起來，拖着拖鞋，打開了門，疾衝了出去。

李同居住的那個單位很小，只有一間房和一個被稱為「廳」的空間，李同是單身漢，他獨自居住着。他出了門，大踏步地走上樓梯，來到了他樓上那份人家的門前，用力按着門鈴。

過了一會，木門先打了開來，一個老頭子，探出頭來，望着李同。

李同厲聲道：「你家裏究竟死了多少人？」

那老者被李同這一下突如其來的喝問，弄得陡地一呆，顯然不知該如何回答才好。李同又是狠狠地道：「你們每天砰砰砰敲釘子，在釘棺材？」

那老者「哦」地一聲，臉上堆滿了歉意：「原來是這樣，對不起，真對不起！」

李同心中的怒意未消，他又抬腳，在鐵閘上用力踢了一腳：「我就住在樓下，我要睡覺，如果你們再這樣敲個不停，我不和你們客氣！」

他一面說，一面惡狠狠地望着那老者，那老者現出一種無可奈何的苦笑來，不住「哦哦」地答應着，李同憤然轉身，回到了自己的住所。

當他又在牀上躺下來的時候，他的氣也平了，他平時絕不是那麼大脾氣的人，連他自己也為了剛才如此大發脾氣，而覺得奇怪。

他心中在想，還好樓上出來應門的，是一個老頭子，而且一看到他就認不是，如果出來應門的是一條不肯認錯的大漢，那麼，一吵起來，說不定又是一樁在報上見慣了的血案。

李同翻來覆去地想着，樓上果然再沒有聲音發出來，過了不久，也就睡着了。

第二天，他下班回來，看到大廈門口，停着一輛小型貨事，車上放着點家俬，一個搬運工人，正托着一隻衣櫥走出來。

李同也沒有在意，大廈中，幾乎每天都有人搬進搬出，原不足為奇。

可是，當李同走進大廈時，卻看見了那個老者，那老者是倒退着身子走出來的，在那老者的面前，兩個搬運工人，正抬着一隻箱子。

那是一隻木箱子，很殘舊了，箱子並不大，但是兩個搬運工人抬着，看來十分吃力。

那老者在不斷做作手勢，道：「小心點，平穩一點，對，啊呀，你那邊高了，不行，一定要平，對，小心一點，小心一點！」

老者一面説，一面向後退來，幾乎撞到李同的身上，李同伸了伸手，擋住了他的身子，那老者轉過身來，看到了李同，忙道：「對不起，真對不起！」

李同順口道：「你搬家了？」

那老者抹了抹臉上的汗：「是啊，我搬家了，吵了你很久，真不好意思。」

李同的好奇心起：「你每天不停敲打，究竟是在做什麼？」

可是那老者卻並沒有回答李同這個問題，他只是不住吩咐那兩個搬運工人抬那口箱子，直到那口箱子上了貨車，那老者親自用繩子，將那口箱子綁好，才像是鬆了一大口氣。

李同沒有再看下去，等着電梯，上了樓，他已經將鑰匙伸進了自己住所的門，可是突然之間，他心中一動。

李同心想，那老頭子看來也是獨居的，他像是發神經病一樣，每天敲打着，究竟是在做什麼？

如今，樓上正在搬家，門可能還開着，自己何不上去看一看？

他拔出了鑰匙來，繞着樓梯到了樓上，果然，門開着，一個搬運工人，正搬着一張桌子出來。

等那搬運工人走出來之後，李同就走了進去。

那是一個和他居住的單位一樣，空間小得可憐。

東西全被搬空了，地上全是些紙張及沒有用的雜物，李同走進了房間，房間也是空的，李同才一推開門，就看到房間的一角，有着一大堆舊報紙。

那一角，正是樓下他的睡房中放牀的地方，本來，那一堆舊報紙，也引不起他的興趣，但是每次的敲打聲，總是從他牀上方傳下來，所以他向前走去，用腳將那一大團舊報紙撥了開來。

舊報紙被撥開，李同便不禁陡地一呆，他撥開了上面的一層報紙，就看到下面的報紙沾滿了血迹！

李同的心怦怦亂跳，他想起那老頭子的樣子，總有一股說不出來的神秘，而如今，又在舊報紙上發現了那麼多血，怎能不心驚肉跳？

看起來，舊報紙下面，還有什麼東西包着，李同又踢開了幾層報紙，突然之間，他看到了一副血淋淋的腸臟，李同不由自主，怪叫了一聲，連忙退了出來，他退到了門口，一時之間，不知該如何才好，他急急向樓下奔着，連電梯也不等。

他一直奔到了大廈的入口處，當他在向下奔去的時候，他原是想攔住那老者，叫他解釋這件事，可是當他到了樓下，那輛小貨車已經不在了。

想起那副血淋淋的內臟，李同仍然不免心驚肉跳，那副內臟，看來很小，人對於血淋淋的東西，有一股自然的厭惡，李同一看到就嚇了一大跳，自然不會仔細去看，他只是聯想別，那老者可能殺了一個小孩。

一想到這裏，他感到事情嚴重之極了，他忙回到了自己的住所，撥了一個電話，報了警，他又再上了樓，在門口等着。

不到二十分鐘，大隊警員在一位警官的帶領下，趕到了現場。

那位帶隊的警官，是才從警官學校畢業、已經連接升了兩級、前途無量的警務人員，我和他很熟，我們幾個熟朋友都叫他為傑美，他姓王。王警官見到了李同，李同便指着門內：「在裏面！」

王警官帶着警員，走了進去，李同跟在後面。

由於舊報紙已被李同踢開，是以那副血淋淋的內臟，一進門就可以看到，王警官和警員乍一看到，也不禁都嚇了一大跳。

可是，當王警官走向前，俯身看視了一回之後，他臉上的神情就不再那麼緊張了，他站起身來，道：「這不是人的內臟！」

李同半信半疑：「不是一個小孩子？」

王警官搖了搖頭，對一個警官道：「醫官來了沒有？去催一催！」

那警員忙走了下去，王警官向李同道：「李先生，你住在樓下，怎麼會上來，發現這副內臟的？」

李同苦笑了一下：「樓上的住客，每天早上、白天、甚至晚上，總是不斷在敲打什麼，昨天晚上我上來交涉，樓上住的那個老頭子就搬走了，我為了好奇，所以上來看看，我……不知道那不是人的內臟，我報警，錯了麼？」

王警官道：「沒有錯，市民看到任何可疑的事，都應該報警！」

李同鬆了一口氣，不一會，醫官也來了，醫官向那副內臟看了一眼，就皺着眉：「我看這是狗或者貓的內臟，帶回去稍為察看一下，就可以知道了，誰那麼無聊，殺了貓狗，將內臟留在這裏！」

幾個警員，拿了一隻大尼龍袋來，將那副內臟放了進去，弄了個滿手是血。

李同在警方人員收隊回去的時候：「這老頭子……他不算犯法麼？」

王警官也不禁皺了皺眉，他辦過不少案子，像是如今這樣的事，他卻也還是第一次經歷，那老者算不算犯罪，連他也說不上來。

他道：「我們會設法去會見這裏以前的住客的。」

李同舒了一口氣：「這老頭子，我看他多少有點古怪。」

王警官自然不會受李同的話所影響，他到了大廈樓下，已經圍滿了很多閒人，有的人，看到警員提着一袋鮮血淋漓的東西，登上了警車，敏感得尖聲叫了起來。

王警官找到了大廈的看更人，連看更人也不知道那老頭子是什麼來歷，不過看更人記得那輛小貨車的招牌，那就好辦了。

第二天上午，警方便找到了小貨車的司機和幾個跟車的搬運工人。小貨車的司機，也就是車主，他道：「是，昨天我替一個老頭子搬過家，他沒有什麼家俬，只有一口箱子，像是放着極其貴重的東西，搬的時候，一定要放平，緊張得很。」

王警官問道：「搬到哪裏去了？」

貨車司機說了一個地址，王警官因為這是一件小事，而且，化驗室的報告也早就來了，那是一副貓的內臟，殺了一隻貓，無論如何，不能算是犯法的行為，只不過隨便將內臟遺留在空屋中，總是不負責任的行為，必須去警告一下。

這是小事，王警官沒有親自出馬，只是派了一個手下，照地址去走了一遭。

那警員的任務，也進行得很順利，他回來報告說，見了那老者，老者姓張，他承認殺了一隻貓，因為他嗜吃貓肉。而那副內臟，他本來是準備拋棄的，不過因為搬家，所以忘了。

那警員告誡了他幾句，事情也就完了。

在這以後，又過了一個多月，傑美得了一星期假期。我們有幾次在一起。

有一次，幾個人不知怎麼，談起了各種古怪的食物，有的人說滾水驢肉的味道鮮美，有的人說蝗蟲炒熟了好吃，有的說內蒙古的沙雞是天下至味，有的盛讚蠶蛹之香脆，連口水都要流下來的神氣。

傑美忽然道：「誰吃過貓肉？」

座間一個人道：「貓肉可以說是普通的食物，要除貓肉的羶氣，得先將貓肉洗淨，放在濃濃的紅茶汁中，滾上一滾，再撈起來，炒了吃，比雞還要鮮嫩。」

傑美笑道：「不過，現在吃貓的人，到底不多見了。上一個月，有個人喜歡吃貓，將一副貓的內臟留在屋中，被他樓下的人看到，以為是一個小孩子的內臟，報了警，倒令我們虛驚了一場。」

那個詳細介紹了貓肉吃法的朋友道：「啊，這個人住在什麼地方，找他一起吃貓肉去！」

我笑着：「貓和人的內臟也分不出來，報警的那位也未免太大驚小怪了。」

貓又不能連皮吃，總要剝了皮下來，看到了貓皮，還不知道麼？」

傑美略呆了一呆，道：「噯，這件事倒很奇怪，沒有看到貓皮，那個人是一個老頭子，姓張，他搬家，所以將內臟忘記拋掉了。」我道：「那就更不通了，一個人再愛吃貓肉，也不會在臨搬家之前，再去殺貓的。」

傑美又呆了一呆：「你說得對，或許，他是先殺了貓，再搬家的。」

我問道：「為什麼？」

傑美道：「那個報案的人，住在他的樓下，說是那個張老頭，每天都敲敲打打，吵得他睡不着，他曾上去干涉過一次，第二天，那人就搬走了！」

我道：「傑美，你是怎麼處理這案子的？」

傑美反問我道：「你的古怪想像力又來了，你想到了一些什麼？」

我聳了聳肩：「可以連想到的太多了，隨便說說，那張老頭不斷敲釘子，可能是在釘一隻隻小木盒，而這些小木盒，放在一隻內臟被挖出來的死貓的體腔之中，運到外面去。」

傑美和幾個朋友都怔了一怔，傑美道：「你是說，那張老頭用這個方法，轉運毒品？」

我笑了起來：「我絕沒有那麼說，這只不過是聯想的一個可能發展而已，也有可能，張老頭是一個標本的製作者，那麼，也須要不斷地敲打。」

傑美沉吟了半晌，才道：「無論如何，站在警方的立場，這件事已結束了，再要追查的話，只好留給想像力豐富的業餘偵探去進行了！」

我拍着傑美的肩頭：「小伙子，連你的上司傑克上校，也從來不敢這樣稱呼我！」

傑美忙道：「我絕不是有心奚落你，因為警方的確是找不到什麼理由，再去查問人家！」

他雖然立時向我道歉，事實上，我也並沒有惱他，只不過總覺得有點負氣，所以我一面笑着，一面道：「好，請給我張老頭的地址，我這個『想像力豐富的業餘偵探』，反正閒着沒事做！」

傑美顯得很尷尬：「你生氣了？」

我搖頭道：「一點也不，如果我生氣的話，我根本不會向你要地址，我會自己去查。」

傑美有點無可奈何，攤了攤手：「好，我打電話回去，問了來給你。」

他站起身來去打電話，一個朋友低聲勸我：「事情和你一點關係也沒有，你何必自找麻煩？」

我笑了笑：「或許在這件事情的後面，隱藏着許多令人意外的事也說不定，你想，那個張老頭每天不停地敲打，一給人家問一下，立即就搬了家，這不是很古怪的事麼？」

我的話，那幾個朋友都唯唯否否，因為他們都不是好奇心十分強烈的人，我知道，只有小郭在這裏的話，他一定是支持我的意見，可惜小郭剛結了婚，度蜜月去了。

傑美在十分鐘之後回來，將一張寫有地址的字條，交了給我，我看了一眼，就將它放在衣袋中。這一天其餘的時間，我們過得很愉快。

而第二天起來，我已經將這件事忘記了，一連過了三五天，那天晚上，我送走了一位專蒐集中國早期郵票的朋友——他拿了一張「三分紅印花加蓋小字當一元」來向我炫耀了大半個小時。

我本來也喜歡集郵，大家談得倒也投機。在這位朋友走了之後，我翻了翻衣袋，忽然翻出了張老頭的地址來。

看到了那張紙條，我才記起了這件事，我連忙看了看表，已經將近十二時了。

在這樣的時候，去訪問一個從來也沒有見過面的陌生人，實在是太不適宜。可是我繼而一想，那個張老頭一直喜歡敲釘子，發出嘈雜聲，據傑美説，徹夜不停，所以才惹得他樓下的住客忍無可忍，上去干涉，那麼，我在十二時左右去見他，豈不是正可以知道他在幹什麼？

一想到這裏，我立時轉身向外走去。

張老頭住在一幢中下級的大廈中，走進了大廈門，我又看了看那張紙條，他住在十六樓F座，我走進狹窄而骯髒的電梯，電梯在上升的時候，發出一種可怕的「吱吱」聲，真怕電梯的鐵纜，隨時可以斷下來。

電梯停在十六樓，推開門，就是一條長長的走廊，而我才一出電梯，就知道一定有什麼意外的事發生了，因為走廊中的住戶很多都打開了門，探頭向走廊的盡頭處望着，在走廊的盡頭處，則傳來一陣呼喝詈罵聲。

我在走廊中略停了一停，看到F座正在有吵架聲傳出來的那一端。

我向走廊的那一端走去，只見一個穿着睡衣、身形高大、容貌粗魯的男子，正在用力踢一戶住所的鐵門，大聲罵着。

我來到了那男子的身後，便呆了一呆，因為那男子在踢的，正是十六樓F座，是我要來找的張老頭的住所。

那男子一面踢，一面罵：「出來，大家別睡了，你們總得有個人出來，不然我一直吵到天亮！」

旁邊有一戶人家，有一個男人勸道：「算了，大家上下鄰舍，何必吵成那樣！」

那男子氣勢洶洶：「這份人家，簡直是王八蛋，一天到晚不停敲釘子，從早到晚，聲音沒有停過，簡直是神經病，出來！出來！」

他一面罵，一面踢鐵門。

我聽得那男子這樣罵法，不禁呆了一呆，看來，我絕沒有找錯地方，那正是張老頭的住所，張老頭仍然和以前一樣，他躲在家中，不知道作什麼事，終於又令得他樓下的住客忍無可忍了。

我不再向前走去，就停在那男子身後不遠處，只見中座的木門打了開來，一個老頭子，出現在鐵閘之後，神色看來十分慌張。

一見有人來應門，那男子更是惱怒了，他先向那老者大喝一聲，接着就罵道：「你是人還是老鼠？」

那老頭子的神色，看來也有點惱怒。

可能是門外那男子的身形太壯碩了，是以他只得強忍着怒意：「先生，請你說話客氣一點！」

那男子「砰」地一聲，又在鐵閘上踢了一腳，罵道：「客氣你媽的個屁，你要是人，半夜三更不睡覺？就算你今晚要死了，也不至於要自己釘棺材！」

那男子又罵出了一連串的污言穢語，接着道：「你是死人，聽不到吵聲，你問問左右鄰舍看，你這種人，只配自己一個人住到荒山野嶺去，他媽的，不是人！」

那老頭子的怒氣，看來已全被壓了下去，那男子還在擦臂捏拳：「你有種就不要進出，遇着我，我非打你這老王八不可。」

在這時候，我看出機會到了，我走了過去，對那男子道：「好了，先生，張老先生也給你罵夠了，他不會再吵你睡覺的了！」

那男子瞪着我，鐵閘內的張老頭，也以很奇怪的神色望定了我，因為他完全不認識我，而我卻知道他姓張，他自然感到奇怪。

那男子瞪了我半晌，又數落了好幾分鐘，才悻悻然下樓而去，看熱鬧的幾戶人家，也紛紛將門關上。張老頭的身子退了半步，也待關門，我忙道：「張老先生，我是特地來拜訪你的！」

張老頭用疑惑的眼光，望定了我，他顯然沒有請我進去的意思。

我又道：「這麼晚了，我來見你，你或許感到奇怪，我是由警局來的。」

張老頭皺着眉，仍然不出聲。

我隨機應變：「我們接到投訴，說你在半夜之後，仍然發出使人難以睡眠的聲響，所以，我一定要進來看一看。」

張老頭的神情，仍然十分疑惑，但是這一次，他總算開了口：「我再不會吵人的了。」

我笑了笑，知道不下一點功夫，他是不肯開門的，是以我立時道：「你用什麼方法？明天立即搬家？」

我這句話，果然發生了效力，張老頭的神色，變得十分驚恐，他的口唇動了動，像是想說什麼，但是卻又沒有說出聲來。

我恐嚇了他一句之後，立時又放軟了聲音：「讓我進來，我們可以好好談談，如果你真有什麼解決不了的麻煩，我或者還可以幫你的忙！」

張老頭又倏地後退了半步，一面舉起手來搖着，一面道：「不用了，不用了！」

當他舉起手來搖動着的時候，我呆住了，而張老頭也立時發覺，他是不應該舉起手來的，他也呆住了，舉起的手，一時不知該如何掩飾才好，他的手上，沾滿了鮮血！

如果他不舉起手來搖着的話，由於鐵閘的阻隔，我是看不到他的手的，但這時候，他再想掩飾，卻是太遲了。我緊盯着他的手，張老頭的面色，變得十分難看。

我冷冷地道：「你在幹什麼？為什麼你的手上沾滿了血？」

張老頭有點結結巴巴：「那……不是人血。」

我道：「那麼是什麼血？又是貓血？你又在殺貓？半夜三更殺貓作什麼？」

在我的逼問下，張老頭顯得十分張皇失措，他像是根本不知道如何回答才好，他在突然之間，「砰」地將門關上。

第二部

一隻老黑貓

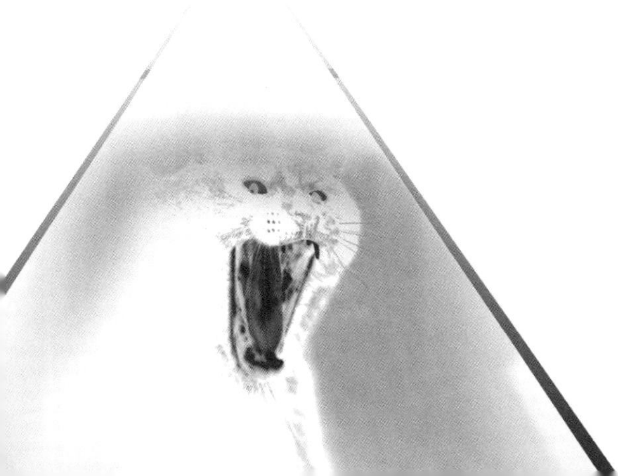

我呆了一呆，想不到他會忽然之間，有那樣的行動，我連忙去按門鈴，可是門鈴響了又響，張老頭卻始終不再出來應門。

要弄開那道鐵閘，再打開那道木門，並不是什麼困難的事，但是那也必須大動陣仗，我可以報警，但是，就算張老頭真的在他的住所內殺貓，也不是什麼大不了的事。

我呆立了好一會，最後又用力按了兩下門鈴，再等了片刻，仍然無人應門，我只好離去。

張老頭的年紀看來只不過六十多歲，那並不算是太老。

可是我總有一種十分詭異而難以形容的感覺，我感到張老頭，好像已老得不應該再活在世上！這種感覺，究竟因為什麼而產生，我也說不上來。

我對於張老頭舉着沾滿了血的手、神色張皇、面色青白的那個神態，印象尤其深刻，我在回想張老頭的那個神態之際，很容易聯想到一些古怪的、會不可思議的邪門法術的人。

這一類的人，現在要在大城市中尋找，真是難得很了，但是以前，尤其是小時候所聽的各種各樣傳說之中，倒是常可以聽得到的。

對了，這一類人，通常在故事和傳說中，都被稱着「生神仙」。

故事和傳說，往往有名有姓，有根有據，說是某達官貴人仰慕某生神仙之名，召見某生神仙，生神仙施法，人在漢口，卻閉目入定，頃刻千里，到上海買了東西回來，等等。

這類傳說，自然無稽得很，但是我們這一代的人，卻誰都在兒童時期聽說過。這種法術，破稱為「五行遁法」，還有什麼「五鬼搬運法」、「五行大挪移法」等等。

我仍然說不上來何以見到了張老頭，就會聯想到那些事，但是，我的確有那樣的念頭，而且，當晚我還做了一夜噩夢。

第二天早上，一早醒來，時間實在還早，我還想再睡一會，可是說什麼也睡不着了，只好起身，一面仍然想着張老頭，想他究竟在幹什麼事。

我終於又來到那幢大廈，直上十六樓，這種有長走廊的大廈，白天和黑夜同樣陰暗，我剛想去按門鈴，忽然聽到有開門的聲響，我立時閃了閃身子，躲到樓梯口去。

我來得正是時候，因為我才一躲了起來，就看到鐵閘打開，張老頭走了出來，他在門口站了一會，在鐵閘上，加了一柄很大的鎖，臨走的時候，他又用力拉了拉那柄鎖，等到肯定鎖上了，才走向電梯。

我躲在樓梯口，他並沒有發現我，而我卻可以仔細打量他。

他的神情很憂慮，好像有着什麼重大的心事，他的脅下，挾着一隻小小的木箱，是烏木上面鑲着羅甸的古老木箱，走向電梯。

我沒有出聲，更沒有現身，因為他離開之後，我可以弄開門鎖，到屋子中去看個究竟。

私入他人的住宅，自然不足為訓，但是我的好奇心是如此之強烈，而且我自問，絕沒有什麼惡意，是以就算我的行動和法律有所牴觸，也不以為意。

我看他進了電梯，就立時閃身出來，只花了一分鐘，就打開了那柄大鎖，然後，又弄開了兩道門鎖，走進了張老頭的住所。

一進門，我所看到的，是一個很小的空間，算是客廳，那裏，除了一張桌子，幾張椅子之外，就是靠窗放着一口大箱子。

那口箱子十分精緻，一看到那口箱子，我就想到傑美所説的，張老頭上次搬家時，囑咐搬運工人千萬小心搬的那一口。

我轉過身，將門依次關上，並且將那柄大鎖，照樣鎖上，以便使張老頭回來時，也不知道有人在他的房子中。

我是背着客廳在做那些事的，當我最後關上木門，正準備轉回身來之際，我忽然覺得，有人在我的身後，向我疾撲了過來。

我的感覺極其敏鋭，當我一覺出有人向我疾撲了過來之際，立時轉身，可是那向我撲來的東西，速度卻快得驚人——我才一轉過身來，就發現那不是人，而是一團相當大的黑影。

由於那東西的來勢太快，是以在急切之間，我也未曾看清它是什麼，我只得先用力打出一拳。

那一拳打出，正打在那東西上，只覺得軟綿綿、毛茸茸的，接着，便是「嗤」地一聲響，和「迷嗚」一聲怪叫，那東西已被我打得凌空跌了出去。

這時，我已經知道，向我撲來、被我一拳打中的，是一隻貓。

而那「嗤」地一聲響，則是貓在被我打中，怪叫着向外跌去時，貓爪在我的衣袖上，抓了一抓，將衣袖抓下了大幅時發出來的聲響。

這一抓，要是被它抓中了我的手臂，那不免要皮開肉綻了！

我未曾料到張老頭的家中，竟然有這樣的一頭惡貓，幾乎吃了大虧，我連忙定了定神，將外衣脫了下來，準備那頭貓再撲上來時，可以抵擋。

這時，那頭貓凌空落下，落在桌子上，弓起了背，豎起了尾，全身毛都聳了起來，一雙碧綠的眼睛，望定了我，發出可怕的叫聲。

那是一頭大黑貓。

或許是我平時對貓並沒有什麼特別的注意，但是無論如何，我不得不承認，我從來也未曾見過那樣的大黑貓，它不但大、烏黑，而且神態之獰惡，所發出的聲音之可怕，以及它那雙碧綠的眼睛中所發出的那種光芒之邪惡，簡直使人心寒！

它聳立在桌上，望定了我，我也望定了它，一時之間，倒不知如何對付它才好。

那隻老黑貓，剛才憑空吃了我一拳，想來也知道我的厲害，一時之間，倒也不敢進襲，一人一貓，就那樣僵持着。

約莫過了兩三分鐘，我心中不斷地在轉着念頭，我這時的處境，突然之間，變得十分尷尬了。

本來，我只是準備進來打一個轉，就立時退出去的，只要進來看看，我就可以知道張老頭究竟在屋中做一些什麼事，我估計在張老頭的住所之中，耽擱不會超過五分鐘的時間。

可是現在卻不行了，我甚至無法走出去，因為我走出去的話，必須轉過身將門弄開，而當我背轉身開門的時候，那頭老黑貓一定又會向我撲來，它的爪子是如此之銳利，給它抓上一下，不是玩的。

而我的行動竟然受制於一頭老貓，這也是令人啼笑皆非的事！

我一定要先對付了那隻老貓，才能有進一步的行動，我慢慢向前走出了一步。

才向前跨出了一步，那頭老黑貓發出了一下怪叫，全身的毛豎得更直，閃閃生光的綠眼睛之中的敵意，也來得更甚。

不知為什麼，我面對的，只不過是一隻貓而已，連小孩子也知道如何去對待一隻貓的。可是這時，那頭老黑貓的眼中，所射出來的那種邪惡的光芒，卻不禁令我心寒，我像是面對着一頭猛虎。

我又急速地向前，跨出了兩步，我早已看出，只要我再向前走去，那頭老黑貓定會再度向我攻擊。

果然，我才向前踏出了兩步，那頭老黑貓的身子突然彈起，向我撲來。當牠向我撲過來之際，牠的四爪張開，白森森的利爪，全從牠腳掌的軟肉之中露出來，再加上牠張大了口，兩排白森森的利齒和牠漆黑的身子，看來簡直就是一個妖怪！

我早已伸手抓向一張椅子，就在那頭老黑貓張牙舞爪撲過來之際，我掄起椅子，對準了牠，用力砸了過去。

「砰」地一聲響，那張摺鐵椅子，正砸在貓身上，老黑貓發出了一下聽了令人牙齦發酸的怪叫聲，身子向後直翻了出去。

這一砸的力道真不輕，牠直碰到了牆上，才落下地，一落地，一面弓着背，豎着毛，一面迅疾無比，奔進了睡房中。

我早已注意到，睡房的門虛掩着，大約打開半呎許，那頭老黑貓，就在那半呎許隙縫之中，「颼」地穿了進去。

老黑貓被我手中的鐵椅擊中，怪叫着驚竄，那本來是意料中的事情。

可是就在那頭老黑貓自門縫中竄進去之後，意料不到的怪事卻發生了！

黑貓才一竄進去，「砰」地一聲響，房門突然緊緊關上，我也不禁為之陡地一呆。

如果竄進房去的是一頭狗，一進去之後，就將門關上，那我決不會有那種遍體生寒的詭異之感。因為一頭受過訓練的狗，是可以懂得推上房門的，可是，現在，竄進去的卻是一頭貓。

而且，那「砰」地一聲響，聲音十分大，分明房門是被人用力推上的，一頭黑貓，雖然牠大得異乎尋常，難道竟會有那麼大的力道？

我呆立在當地，連手中的鐵椅也不記得放下來！

然後，我才想起，我是不應該呆立着的！

我連忙放下手中的椅子，走近那口箱子，箱子並沒有上鎖，我揭開箱子來一看，不禁呆了一呆。

箱子中放着的東西，我從來也沒有見過，那好像是一隻六角形的盤，每一邊，約有兩呎長短，看來好像是古銅的。

在那隻盤的一半，密密麻麻，釘滿了一種黝黑的、細小的釘子；另一半，卻完全是空的，上面有很多縱橫交錯的線條，好像是刻痕。

這是一件什麼東西，我簡直連想都無法想像，而正當我要伸手，去將這件東西拿起來仔細看上一看之際，突然門口傳來了聲響，有人在開鎖，張老頭已經回來了！

我連忙合上了箱蓋，先準備躲到房間去，可是房間中有那頭黑貓在，我不想再和那頭老黑貓發生糾纏，所以，我來到了近大門口的廚房，躲在廚房的門後。

我才躲起來，大門已經推開，張老頭走了進來，他的脅下，仍然挾着那隻箱子。

他直向前走，經過了廚房門口，連望也不向內望一下，我趁他走過去之後，探頭向外望去，只見張老頭來到了那口大箱子之前，揭起了箱蓋，將那口小箱子放了進去。

我曾經揭起大箱子來看過，知道他那口小箱子是放在那六角形的盤上了。

然後，他轉過身來，我怕被他發現，立時又縮回身子，只聽得他在叫，發出的聲音十分古怪，然後，我又聽到，在房門處，傳來了一陣爬搔聲，接着，便是張老頭的腳步聲、房門的打開聲、貓叫聲。

再接着，便是張老頭的講話聲，屋中不會有別的人，他自然是在對那頭貓在講話。

我懷疑，張老頭的神經不很正常，因為一個神經正常的人，是不會和一隻老貓講話的，可是我一路聽下去，一路卻不免有心驚肉跳之感。

只聽得張老頭在問：「作什麼？你有什麼事？」

那頭老黑貓則像是和張老頭在對講一樣，發出古怪的「咕咕」聲。

張老頭又在道：「別緊張，我們可以再搬家，唉，這一次，要搬到鄉下去……」

當張老頭在講話的時候，真叫人懷疑他可以和貓對談，一個人，如果是通貓語的話，那真是天下奇聞了。

但後來聽下去，卻又不像，張老頭只不過看出那頭老貓神情緊張而已。

可是他繼續說着話，卻叫人莫名其妙了。

張老頭在道：「你別心急，已經等了那麼多年，就快成功了，還怕什麼？再等幾年，一定會成功的，再等幾年，別心急！」

聽他的聲音，簡直就像是在哄一個孩子，至少，也是對另一個人在說話。

但是我卻知道，這屋子中，除了他和我之外，沒有第三個人，他當然不是和我在講話，他是對那隻老黑貓在講話，我突然起了一股十分難以形容的感覺，昨天晚上，曾見過張老頭，他雙手滿是鮮血，他的行動如此詭異，在他的那口大箱子中，又放着一件我從來也未曾看到過的怪東西，而那隻小箱子中，又不知藏着什麼，現在，他又對着一隻老貓在說話。

我真想直衝出去，問他究竟是在鬧什麼玄虛，這時，張老頭又道：「真可惜，我們又要搬家了，這一次，搬到鄉下去，好不好？」

除了張老頭的講話聲之外，就是那頭老黑貓的「咕咕」聲。

雖然是在白天，這樣的氣氛，但是使人難以忍受的，我向外跨了一步，已然準備現身出去了，可是就在這時，張老頭忽然向廚房奔來。廚房很小，我無處躲藏，當我想閃身到門後暫且躲一躲時，張老頭已經衝了進來，他的手中，仍然抱着那隻老黑描。

張老頭突然向廚房衝進來，這是在剎那間發生的事，我竟來不及躲到門後，張老頭才一衝進來，和我打了一個照面，我只看到他蒼白、驚惶的臉，和他所抱的那隻黑貓的那雙充滿了妖氣的眼睛。

我一閃身，出了廚房，張老頭追了出來，沉着臉喝道：「你偷進我屋來，是什麼意思？」

我微笑着：「張先生，請你原諒我，我是一個好奇心十分強烈的人，而你的行動卻怪誕詭異得超乎情理之外，所以我來查看一下！」

張老頭發起怒來：「你有什麼權利來查問我的事？」

我捺着性子：「我沒有資格來查問你的事，但是，看你的情形，像是有什麼困難，我幫助你，總可以吧！」

我自問話說得十分誠懇，可是，張老頭扳下了臉：「我不要任何人幫忙，更不要好管閒事的人來打擾我，你快走！」

我不肯走，又道：「我看你有很多煩惱，何不我們一起……」

我的話還沒有講完，張老頭又叫了起來：「滾，你替我滾出去！」

這實在是極其令人難堪之極的局面，由於我是偷進來的，張老頭這時出聲趕我走，還算是很客氣的了，我搖着手：「別激動，我走，不過我告訴你，我一定會繼續下去，弄清楚你究竟在搗什麼鬼，還有，你那口箱子中——」

我是一面說着，一面在向後退去的，當時，我已退到了大門口。

我指着那口大箱子，繼續說道：「——是什麼東西，我已經看到過了，也一定要弄清楚！」

我說着，拉開了大門，張老頭卻在這時，陡地叫了一聲，道：「慢走，你看到了什麼？」

我立時道：「我看到了一隻六角形的盤子，一半釘滿了釘子。

張老頭盯着我，從他的神情看來，像是不知道該如何處置我才好，我也看出，事情可能會有一點轉機，他不會再逼我走了。

但是，在我和他僵持了大半分鐘之後，他忽然嘆了一口氣：「小伙子，事情和你一點關係也沒有，你難道沒有正經事要做？快走吧！」

他的語氣，雖然已經柔和了好多，但是仍然是要我離去，我也心平氣和地道：「張先生，我的正經事，就是要弄明白許多怪異的事，你如果有什麼困難，我一定會竭誠幫助你的。」

張老頭的聲音又提高了，他道：「我不要任何人幫助，你再不走，我拿你當賊辦！」

我笑了一下：「好的，我走，但是我可以肯定你一定有很為難的事，這件事，你獨力難以解決的，我留一張名片給你，當你萬一需要我幫助的時候，你打電話給我，好麼？」

我將一張名片取出，遞給他，他也不伸手來接，我只好將之放在地上，然後，推開鐵閘，走了出去。

當我來到電梯前的時候，我回過頭去看，只見張老頭站在鐵閘後，手中拿着我的名片，那頭黑貓已經不在他的懷中，而是伏在他的腳下。

張老頭看看名片，又看看我，臉上是一副欲言又止的神氣。

我知道，我的這張名片，已經多少發生一些作用了。

我之所以留下一張名片給張老頭，是因為我肯定，張老頭所遇到的事，一定是怪誕得不可思議的，而且，他處在這種情形中，一定已有很多年了。

而我的名字，在一般人的心目中，當然並不代表什麼，然而我有自信，在一個長期遭遇到不可思議的怪事的人心中，卻有着相當的地位，那自然是因為我連續好幾年都在記述着許多怪誕莫名的事情之故。

如今，看張老頭的神情，我所料的顯然不差。

但是，他既然未曾開口叫住我，我也不便在這時候，再去遭他的叱喝。

反正，他如果對我有信心，而他所遭遇的，又真是不可思議的怪事的話，他一定會打電話給我，再和我商議，何必急於一時？

所以，我只是向他望了一眼，電梯一到，我拉開了電梯的門，就跨了進去。

第三部

宋瓷花瓶稀世奇珍

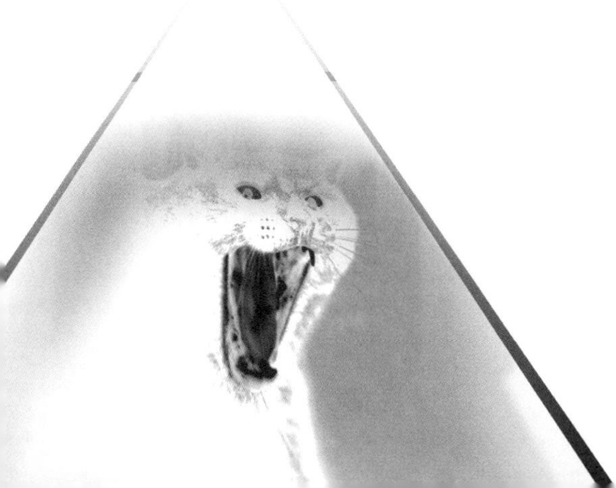

我一路上在反覆地思索着，回到了家中，仍然有點神思恍惚。

白素含着笑，問我：「又遇到什麼怪事了？」

我一面搖着頭，一面道：「可以說是怪事，也可以說不是，我覺得這件事，簡直無從捉摸，根本不知從何說起才好！」

她笑着道：「將經過情形說來聽聽。」

我坐了下來，將有關張老頭的事，講了一遍，白素在聽了之後，嘆了一聲：「你也真應該弄點正經事做做了，照你所說的看來，張老頭只不過是一個脾氣古怪的老頭子，有什麼值得追究的？」

我道：「是，所以我才說事情難以捉摸，因為在表面上看來，的確如此，但是我是身歷其境的人，我總覺得，事情有說不出來的詭異，可是，直到如今為止，我卻什麼也捕捉不到。」

白素笑道：「要是張老頭真有什麼為難的事，他自然會來找你的，你單憑『感覺』，能解決什麼問題？」

我伸了一個懶腰，的確，直到現在為止，一切我認為是怪誕詭異的事，全然沒有事實根據的，只不過全是我的感覺而已。雖然我對自己的感覺，有一定的自信，但終究是不能憑感覺來明白事實真相的，我也只好將這件事，放過一邊了。

幾天之後，我經過張老頭的住所附近，又去轉了一轉，才知道張老頭已經在當天下午就搬走了，搬到什麼地方，沒有人知道。

在接下來的日子中，我也為未曾進一步探索這件事而感到遺憾。但是張老頭既然已經不知所終，再想追尋，也無法可施。

隨着時間的過去，奇怪的是，我對張老頭的印象，反倒很淡薄了，唯獨對那隻大黑貓，卻印象極其深刻，而且，從此之後，對於貓，我有一種說不出的厭惡之感，尤其是黑貓。

我想到，在西洋，黑貓被認為不吉和妖邪，多少是有點道理的，黑貓的眼睛，似乎來得格外碧綠，當黑貓用牠那種碧綠的眼睛瞪着你時，總會產生一種十分不舒服之感，除非是真正愛貓的人，否則，只怕人人難以避免。

天氣漸涼，一個下午，一位朋友拖我到一家古董店去，鑒定一件宋瓷。我對於古董其實是外行，充其量只不過是愛好而已。

也正由於是愛好，所以看得很多，那位拉我去看古董的，是一個暴發戶，錢多了，自然而然，想買幾件好的東西，以便炫耀一番，所以我去的時候，實在很勉強，只不過聽說那件宋瓷十分精美，是以才勉為其難。

到了那家古董店，我才知道，那個暴發戶，除了我之外，另外還約了好幾個人，其中有兩個，我還是認識的，那是真正的古瓷專家，國際公認的，那樣倒好，因為我至少可以長不少知識。

我們一起坐在古董店老闆的豪華辦公室中，暴發戶和我一到，就叫道：「老闆，快拿出來，給大家看看，只要是真貨，價錢再貴我都買。」

暴發戶畢竟是暴發戶，一開口，就唯恐人家以為他沒有錢一樣。

老闆笑着：「我已經鑒定過了，照我看來，那是真貨，我自己收藏的是玉器，要不然，我一定留着，不肯出讓。」

一個專家道：「真正的宋瓷很少，藏家也不肯輕易賣出來，你是哪裏來的？」

老闆走向保險箱前：「是一個老人託我代售，這種東西，賣一個少一個了！」

他打開了保險箱，取出了一隻小小的箱子來。一看到那隻小木箱，我便不禁呆了一呆，我立時覺得它十分眼熟，緊接着，我突然想起了那一對黑貓的眼睛。

這隻盒子，是我看見過的，那是在我偷進張老頭家中去的那次，他就挾着那隻小箱子匆匆走出去，又挾着這隻小箱子走回來，將小箱子放進了大箱子之中。

難道，託古董店代售如此名貴瓷器的，就是張老頭？

可是，我只是想了一想，並沒有發問。因為我覺得，那沒有什麼可能。

宋瓷是價值極高的古董，而張老頭的生活十分簡單，他住在中下級的大廈，怎會有這樣值錢的東西而不早出售？而且，這種類似的箱子，世上自然也不止一隻。

老闆將箱子捧到了一張桌子前，所有的人，全圍在桌子邊上。

老闆打開了箱子，裏面是深紫色的襯墊，在襯墊之上，是一對白瓷花瓶，瓷質晶瑩透明，簡直不像是瓷，像是白玉！

老闆小心翼翼，拿起了其中的一隻來，交給了身邊的一位專家，那專家一面看，一面發出讚嘆聲來，又遞給了身邊的另一人。

花瓶傳到了我手上的時候，由於它是如此之薄，我真怕一不小心會捏碎，是以十分小心，這樣佳妙的瓷器，其實根本不必斤斤計較於它是不是真的宋瓷，本身就是具有極高價值的。

等到眾人都看了一遍，老闆又將之放進盒中，再拿起另外一隻來，又傳觀了一遍，才發表意見：「這一對花瓶，簡直一模一樣，重量也不差分毫，真是傑作中的傑作，如果只有一隻，還不算名貴，竟然有一對，可以說難得之極了！」

暴發戶道：「你們大家說呢？怎麼樣？」

一位年紀最輕的專家首先道：「我可以簽名證明，這是真正的宋瓷。」這位專家一說，其餘的專家也齊聲附和，我自然也隨口說了兩句。暴發戶樂不可支，立時掏出了支票簿來，看他寫在支票上的銀碼，相當於三十萬英鎊。同樣的數值，可以購買一幢花園洋房了！

老闆接過了支票，暴發戶小心合上箱蓋，捧着箱子：「今天晚上我請吃飯，在我家裏，還有幾樣東西，要請各位看看！」

對於和這種暴發戶一起吃飯，興趣自然不大，但是我知道如果拒絕的話，一定又有一番口舌，不如去一下，應個景的好。

暴發戶捧着花瓶走了，老闆又從保險箱中，取出一些古物來供大家鑒賞，因為有那麼多專家在一起，並不是容易的事。

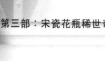

我也和眾人一起，看了一會，其中有幾枚古錢和一隻製作精巧之極的打簧金表，真令人愛不釋手，看了一會，我首先告辭。

直到離開了古董店，我才想起，忘了問老闆一聲，那託他代售古董的老頭子是不是姓張。但既然已經走了，自然也不必再折回去了。

晚上，我最遲到暴發戶的家中。

暴發戶家裏的氣派真不小，我們先在他特設的古董間中，看他在半年內買進來的古董，看了一會，僕人來說，可以吃飯了，才一起離去。

暴發戶自己，走在最後，他拉上門，取鑰匙在手，看來是準備將古董間鎖上的，而我就在他的前面。

就在暴發戶已將門拉到一半之際，忽然之間，也不知從什麼地方，陡地竄來了一隻大黑貓，那隻大黑貓的來勢極快，在我的腳邊竄過，「刷」地一聲，就從門中，穿進了古董間。

暴發戶怒喝道：「誰養的貓——」

他那一句話才出口，就聽到古董間之內，傳出瓷器的碎裂聲，一時之間，人人面面相覷，說不出話來。

暴發戶的手仍然拉着門，門已關上了一大半，究竟那隻黑貓穿了進去之後，打碎了什麼，還看不出來。但是，不論打碎了什麼，都是價值巨萬的古董。

暴發戶在聽到了有東西的碎裂聲之後，僵立着，甚至不知道推開門去看看，我忙道：「看看打碎了什麼！」

暴發戶這才如夢初醒，推開了門，五六個人，一起擁在門口，向內看去。

別人或者都在察看，究竟是什麼東西被打碎了，但是我卻只找那隻大黑貓。

我一眼就看見，那隻大黑貓伏在窗前的板上，縮成了一團，牠像是自己也知道闖了大禍，是以牠的神態十分緊張，身子縮成了一團，全身烏亮漆黑的毛，卻根根聳起。牠的那一對眼睛，也格外閃着綠黝黝的、異樣的光采。

我一看清楚了那隻大黑貓，就陡地一怔，雖然世界上，黑貓不知有幾千幾萬隻，但是這一隻黑貓，我卻可以斷定，牠是張老頭那一隻。

就在我想向前走去之際，只聽得暴發戶在我的身後，發出了一下慘叫聲，用力將我一推，已奔進了古董間，來到了古董櫥之前，停了下來。

也在這時，在我的身後，傳來了一陣嘆息聲。

我也看到，古董櫥的玻璃破碎，放在裏面的其他東西，都完好無損，但是那一對價值三十萬英鎊，暴發戶新買來的瓷瓶，已經碎裂了！

暴發戶奔到了古董架之前，手發着抖，怪聲叫了起來，兩個男僕和一個女僕，也立時奔了進來。暴發戶轉過身來，臉色鐵青，指着仍然伏着不動的那隻黑貓，厲聲道：「誰養的貓？」

三個僕人面面相覷，一起道：「我們沒有人養貓，這……這……一定是野貓！」

暴發戶雙手握着拳，額上的青筋，一根一根，都暴了起來，他的聲音也變得嘶啞，看樣子，他真像是要撲上去，將那隻黑貓咬上兩口！

我已經看出事情真是古怪之極。看來，一隻貓撞了進來，打碎了兩隻花瓶，並不是什麼稀奇的事。因為貓是不知道花瓶價值的，三十萬鎊的花瓶和三毛錢的水杯，對貓來說，全是一樣的。

可是，那一對花瓶，卻放在櫃中，櫃外有玻璃擋着，一隻貓的衝擊力量，是不是可以撞碎玻璃，還大成疑問，更何況什麼世不打碎，就壞了那一對花瓶。

我心念轉動，忙道：「別惹那頭貓！」

可是，已經遲了一步！

暴發戶向着那頭黑貓，惡狠狠走了過去，伸手去抓那頭黑貓。

而也就在這時，我的話才出口，黑貓發出了一下難聽之極的叫聲，身子聳了起來，貓的動作如此之快，連我也未曾看清楚是怎麼一回事，暴發戶已然發出了一下慘叫聲。

那頭老黑貓落下地，一溜黑煙也似，自門中竄了出去。暴發戶的雙手，掩住了臉，血自他的指縫之中，直迸了出來。

毫無疑問，他伸手抓貓，未曾抓中，但是貓爪子卻已抓中了他的臉。

我連忙向他走去，一面向僕人喝道：「快打電話，召救傷車！」

我來到暴發戶的面前，扶着他坐了下來，拉開他的手，暴發戶不斷呻吟着，他臉上的幾條爪痕十分深，只差半吋許，幾乎把他的眼球，都抓了出來，血在不斷流着，一時之間，也無法止得住。

所有的客人都呆住了，暴發戶的太太、子女也一起奔了進來，亂成了一團，在那樣的情形下，反倒沒有人注意那對被打碎的花瓶了。

救傷車不一會就趕到，暴發戶的頭上，紮起了紗布，送到了醫院中，一干人全跟到了醫院，暴發戶的太太，又嫌公立醫院設備不好，立時又轉進了一家貴族化的私人醫院，我沒有跟去。

那時，我心中真是不舒服到了極點。

那頭大黑貓，牠為什麼要特地來打碎那一對花瓶呢？牠一定是特地來打碎那對花瓶的，世上雖然有不少湊巧的事，但斷乎不會如此湊巧。

但是，一隻貓，牠怎會知道花瓶在什麼地方？

那大黑貓，那隻小木箱，這已使我可以肯定，事情和張老頭有關，那一對花瓶，原來是張老頭的？

我一想到這裏，就走進了一個電話亭，打了一個電話，找古董店的老闆。古董店的老闆在接到了我的電話之後，顯然想不起我是什麼人來了，我忙又道：「今天，你賣那一對宋瓷花瓶給人，我也在旁的。」

古董店老闆「唔唔」地應着，道：「衛先生，你有什麼指教？」

我道：「我想知道這一對花瓶的來源。」

老闆呆了一呆：「對不起，我不能告訴你。」

我加重語氣：「一定要告訴我，事實上，我受警方的委託調查這件事，你如果不肯對我說——」

那古董店的老闆，是一個地道的生意人，生意人怕惹是非，而且，我那樣說，也不能說是故意恫嚇，事實上，張老頭和警方也多少有一點糾葛。

我的話，果然起了一些作用，古董店老闆的聲音，顯得很慌張：「我不是不肯告訴你它的來源，事實上是我也不知道！」

我問道：「那麼，這對花瓶，是如何會在你手上的？」

老闆道：「一個人拿來，要在我這裏寄售，我只不過抽一點佣金，他已經收了錢，走了。」

我並不懷疑老闆的話，我進一步問道：「那個人什麼樣子？姓什麼？叫什麼？」

老闆發出了一兩下苦笑聲：「他年紀很大了，看來很普通，姓張。」

我一聽得「姓張」兩個字，便不禁吸了一口氣，我所料的，一點也不錯，那對瓷瓶果然是張老頭賣出來的，那隻打破了瓷瓶的大黑貓，也正是張老頭所養的那隻。

我心中一面轉着念，一面道：「你和那位張先生，一定有聯絡的辦法的，是不是，不然，你如何能通知他，瓷瓶已經售出了？」

古董店的老闆急得連聲音也變了：「不，我和他沒有聯絡，他每天打一個電話來問我，我才送走了你們，他的電話就來了，我就通知他來收錢。他一來，拿了錢就走了！」

我聽到這裏，不禁嘆了一聲，我相信對方講的是真話，那麼，我可以說一點收穫也沒有。

雖然，我證明了那瓷瓶是張老頭的，但這一點，在我是到了那隻大黑貓之後，早已經肯定的了。

我好半晌不說話，古董店老闆反倒着急了起來：「衛先生，我會有什麼事？那一對花瓶，可是它的來歷有問題？」

我忙道：「不，不，你放心，你不會有事的，我之所以追查它的來源，也不是因為它的來歷有問題，而是另外一些極其神秘的事。還有一件事，我要告訴你的，就是那對花瓶已經打碎了！」

古董店老闆「啊」地一聲，驚叫了起來，雖然我只是在電話中聽到他的驚叫聲，看不到他的神情，但是，在他的聲音中，我還可以聽出那種極度的痛惜。而且他的那種痛惜，顯然不是由於金錢上的，而是痛惜一件珍品的被毀。

他在驚叫了一聲之後，連聲道：「那怎麼會的？太不小心了！那怎麼會的？」

我道：「有一隻老黑貓，忽然衝了進來，撲向花瓶，連古董櫥的玻璃都打碎了，花瓶變成了一堆碎片！」

古董店老闆連連嘆息着，又道：「大黑貓？對了，那姓張的物主，第一次拿着花瓶來找我的時候，手中抱着一隻黑描，古怪得很。」

我心中略動了一動，對於整件事情，好像有了一個模糊的概念，但一時之間，卻還沒有辦法將這些零碎的概念組織起來。我說一聲「打擾」，放下了電話，人仍然在電話亭裏，我在迅速地轉着念，企圖將我突然之間想到的一些零碎的概念，拼湊起來。

但是我所得到的十分有限，而且，我在將我自己的想法重新思索了一遍之後，覺得那仍然是荒誕得不可能的事。

第四部

警犬殉職

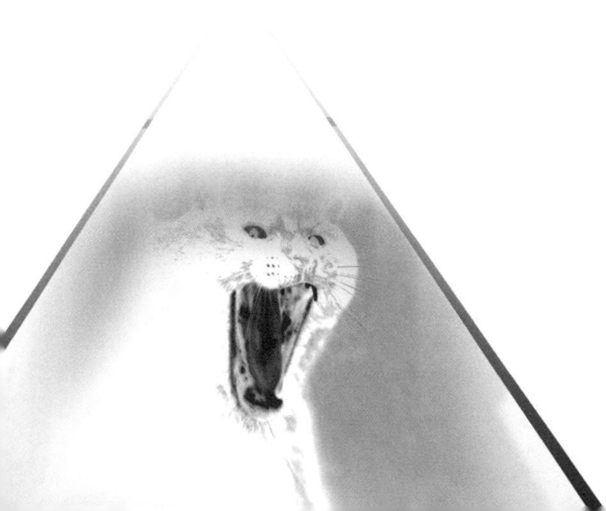

我的想法是：那對花瓶，是張老頭心愛的東西，由於某種原因，他不得不出售，但是他又不甘心那樣的寶物落在別人的手中，所以又驅使那頭大黑貓，去將之打碎。

這種想法的怪誕之處，是在於它的主角是一頭貓，如果不是貓，而是一隻狗的話，那麼，這或者勉強可以成立，因為狗能接受人的訓練，為人去做很多事，但是，從來也未曾聽說過，貓也能接受訓練，去做那麼複雜的一件事。

我苦笑着，推開門，走了出來。

由於我想到了狗，是以我走出了不幾步，便又站定。狗！狗和貓是對頭，狗對於貓的氣味，也特別敏感，如果我有一頭良好的警犬，那麼，我是不是可以追蹤到牠的主人張老頭？

我截住了一輛街車，十分鐘之後，我在高級警官宿舍中找到了傑美。傑美在聽了我的敘述之後，望了我半晌，才苦笑地搖着頭，仍然道：「好的，我和你一起找一頭警犬。」

我知道他是不喜歡和我去做這件事的，因為站在一個警務人員的立場而言，只對犯罪事件有興趣，神秘的事情，不在他職責範圍之內。

但是事情由他而起，如果不是在那次閒談之中，他說出了張老頭的事，就算我看到一隻老貓，打破了一對花瓶，我也決不會追查其中原因，所以他有責任替我做點事。

傑美和我一起查了一下警犬的檔案，查出警犬之中，有兩隻對於貓的氣味特別敏感，然後，我們就一起去看狗，我看到其中的一隻，是十分雄俊的丹麥狼狗，我立時選中了牠。

傑美看我選好了警犬，如釋重負，說了一聲「恕不奉陪」，又和帶領警犬的警員，吩咐了幾句，就自顧自地走了。我和那警員，帶着那頭丹麥犬，乘搭警車，直來到了暴發戶的家中。

當我們進入那幢大洋房之際，那頭丹麥警犬已現出十分不安的神態來，不住發出「嗚嗚」的低吠聲，而且好幾次，用力想掙脫那警員手中的皮帶，經過警員連聲叱喝，情形仍然沒有改變多少。

我自然注意到那頭丹麥警犬這種不安的神態，我知道，動物的感覺，比人敏鋭不知多少，尤其是狗，有天生的敏鋭的感覺。

這時，這頭丹麥警犬，表現了如此的不安，是不是牠已發現了什麼呢？可是，在我的眼中看來，華麗的大客廳中，似乎一切都十分正常。

那警員的神色，也有點異樣，當我們向管家説明來意之際，那頭丹麥警犬，以一種十分怪異的姿勢，伏在地上，嗚嗚低吠着。

那管家是認得我的，在聽我説了來意之後，他道：「好的，老爺和太太，仍在醫院中沒有回來，但這件事，我還可以作主。」

我道：「那麼，請你帶我們到古董間去。」

管家點着頭，轉身向前走去，那警員用力拉着皮帶，想將狗拉起來，可是那頭高大的丹麥警犬，卻仍然前腿屈着，後腿撐在地上，不肯起來，而且，牠的低吠聲，聽來也顯得非常淒厲。

那警員大聲呼喝着，雙手一起用力，才勉強將那頭警犬拉了起來。

這種情形，連管家也看出有點不尋常了，他問道：「怎麼了？這狗有什麼不對？」

那警員奇道：「奇怪，這是一頭最好的警犬，從來服從性都是第一的，怎麼今晚會這樣子？」

我道：「是不是牠已經覺出這屋子中，有什麼不對頭的地方？」

那位管家顯然十分迷信，我那樣一問，臉色發青，忙道：「衛先生，別嚇人！」

那警員皺着眉：「真奇怪，牠或許聞到了什麼特別的氣味！」

那頭丹麥警犬被拉得站起來之後，誰都可以看出，牠的神態極其緊張，那警員拉着牠向前走着，愈是接近古董間，牠緊張的神態便愈甚，等到管家打開了古董間的門，牠全身的短毛都一起豎起，對着古董間之內，大聲狂吠了起來。

警犬的狂叫聲，不但震耳，而且還十分急亂，吠之不已。那警員又和我互望了一眼，拉着警犬，進入了古董間。一進古董間，那警犬一面狂吠着，一面向着古董櫥疾撲了過去。

那一撲，來得極其突然，而且，十分意外，那頭丹麥警犬至少有一百磅重，這向前突然一掙一撲的力道，自然也極大，那警員手中的皮帶，一個握不住，竟然被牠掙脫，帶着皮帶，疾撲而出。

一看到身形那麼高大的一頭警犬，以如此勁疾之勢，疾撲向古董櫥，我也不禁大吃了一驚，那管家更是大聲急叫了起來。

因為古董櫥中，還有許多古董陳列着，那頭黑貓，只不過打碎了一對瓷瓶，而這時，看那頭丹麥狼狗向前撲去的情形，這古董櫥中的東西，至少要被牠打碎一大半！

那警員，在這一剎那間，也呆住了，因為這實在是意料不及的事情。

而那頭狗向前撲出去的勢子，實在太快，誰都沒有法子阻得住牠了！

警犬是我帶來的，要是闖了禍，我自然也脱不了關係，我手心捏着一把汗，只等聽警犬撲上去，東西打爛的「乒乓」聲了。

可是，那頭警犬，一撲到了離古董櫥只有呎許之際，便陡地伏了下來，狂吠着，緊接着，又一個轉身，直撲到窗前。

我記得，當那頭大黑貓，在打碎了花瓶之後，自古董櫥旁竄出來，也是竄到了窗台上，現在那頭狗也從古董櫥前，回撲到了窗口，由此可知，牠的不安、牠突如其來的行動和牠的狂吠，全然是因為牠聞到了那頭老黑貓留下來的氣味之故。

一想到這裏，我叫了一聲：「拉住那頭狗！」

可是，隨着我的叫聲，那頭丹麥狼狗突然又是一陣狂吠，自窗口反撲了過來，那警員立時趕過去，想將牠阻住，可是狼狗用力一撲，竟將那警員撲倒在地，立時向門外奔了出去，去勢快絕！

那警員在地上打了一個滾，立時躍起，和我一起，向外追去。

我們才一出古董間，就聽得屋後，男女僕人的一陣驚叫聲，和乒乒乓乓有東西倒地的聲音。等到我們追到後門一看，幾個僕人神色驚惶，我忙問道：「那頭狗呢？」

一個男僕指着後牆，聲音發着抖道：「跳……跳出去了，那麼大的狗，一下子就跳出去了！」

那警員連忙奔出了後門，後門外，是一條相當靜僻的街道，那裏還有那頭高大的丹麥狼狗的影子？

那警員急得連連頓足，管家也從後門口走了出來：「衛先生，對不起，我要關門了！」

我倒並不怪那個管家，因為剛才，那丹麥狼狗，要是直撲向古董櫥的話，這個禍闖得太大了。

我點了點頭，管家忙不迭將後門關上，我對那警員道：「我們用車子去追。」

我們急急繞到了前門，上了車，一直向前駛着，可是駛出了幾條街，仍然看不到那丹麥狼狗，而且，街道交岔，根本無從追蹤了。

我和那警員相視苦笑，試想，帶着警犬來追蹤，想找到那頭大黑貓的去向，但是結果，卻連警犬都丟了，這實在是狼狽之極。

然而，有一點，我卻可以肯定：那頭丹麥狼狗，一定是聞到了那頭大黑貓的氣味，是以才一直跟蹤下去的，只可惜我們連狗也找不到了！

我皺着眉，問那警員：「這隻狗，平時對貓的氣味，也那麼敏感？」

那警員苦笑道：「沒有，雖然敏感，但從來不像這次那樣，我和牠在一起，已經三年了，從來也沒有見過牠像今天一樣！」

我道：「狗是不會無緣無故失常態的，照你看來，是為了什麼？」

那警員搖頭道：「不知道。」

我又道：「牠才一進屋時，神態緊張，像是十分害怕，你拖也拖牠不動，後來，怎麼又突然掙脫了，向前猛撲了出去？」

那警員嘆了一聲：「這一類狼狗，極其勇敢，就算面對着一隻猛虎，牠也敢搏鬥，我想，牠開始時並不是害怕，只是不肯輕敵！」

我沒有再說什麼，因為我心中的疑團，非但沒有得到絲毫解決，反倒更甚！

那頭大黑貓，牠和別的貓，有什麼不同呢？

我不知道有什麼不同，但是一定有所不同，那可以肯定。因為牠僅僅有一些氣味遺留下來，已經使那頭優良的警犬大失常態。那頭警犬，自然是知道這老貓有何異常之處的，可惜，警犬就算在，也不能告訴我們，何況牠也不見了！

我們又在街上兜了幾個圈子，那警員道：「算了，這頭警犬受過良好的訓練，牠會自己回來，真對不起，要不要另外找一頭來試試？」

我嘆了一聲：「不必了！」

那警員送我回家，他回到警局去。我走進家中，神色不定，白素迎上來：

「怎麼了？」

我將一切經過都對她說了一遍，白素靜靜地聽着，等我講完，她才道：「這種事，如果早兩百年發生，那麼，這頭大黑貓，一定被認為是妖怪的化身，是成了精的妖怪！」

我乾笑了一下，道：「看來，那真的不是普通的貓，是貓精！」

白素柔聲地笑了起來。

她雖然沒有說什麼，但是我卻知道，她是在笑我，因為沒有頭緒，心情激憤，而喪失了理智，我自己想一想剛才所下的結論，也覺得好笑。

白素道：「算了吧，別再為這種無謂的事傷腦筋了！」

我搖着頭道：「不能算！」

自然不能算，這件事，令人疑惑不解的地方實在太多，怎麼能算？

首先，張老頭是什麼樣的人？他每天不停地敲打，是在做什麼？何以他第一次搬家，會留下了一副貓的內臟，他那隻大箱子中，那隻六角形的盤子，一半釘滿了像釘子一樣的東西，又是什麼？那頭大黑貓，何以如此怪異？那頭丹麥狼狗，何以會大失常態？

一連串的問題，或許其中的一個，有了答案之後，其餘的便會迎刃而解，但是，我卻連其中最簡單的一個問題，也沒有答案。

雖然，整件事和我一點關係也沒有，但是我好奇心極其強烈，要是能就此罷手的話，那麼我以前，也遇不到那麼多奇事了。

白素也知道，勸我罷手是不可能的事，她望了我半晌，才道：「我能幫助你什麼？」

我苦笑着，攤了攤手：「連我自己也不知該如何着手，你能幫我什麼？」

白素沒有再說什麼，過了片刻，她用另一件事，將話題岔了開去。

當天晚上，我睡得極其不安，做了許多雜亂而怪異的夢，以致第二天，我一直睡到中午才起來。

當我吃過飯，正在想着，用什麼法子才可以找到張老頭時，電話響了。我事起電話來，就聽到了傑美的聲音，他開門見山地道：「衛，要不要來看一看昨天的那頭警犬？」

我略怔了一怔，他的問題，問得很怪，我道：「哦，那頭警犬回來了麼？」

傑美道：「不，有人在一條巷子中發現了牠，我們將牠弄回來的，牠死了！」

我又怔了一怔，那頭高大的丹麥狗死了！我呆了極短的時間，才道：「死狗有什麼好看的？」

傑美道：「你來，或者你看到了死狗，會對牠的死因發生興趣的！」

我急問道：「牠是怎麼死的？」

傑美道：「我們還不能肯定，要等你來了，一起研究，才能決定！」

我知道一定又有什麼古怪的事情發生了，是以我說了一聲：「立刻就來」，放下電話，就直赴警局。

到了警局，傑美已等在門口，昨天的那警員也在，還有幾個警官，我們略打了招呼，就向內走去，迎面卻遇上了傑克上校，上校一見到了我們，伸手用力拍我的肩頭，道：「朋友，我不喜歡見到你，你一來，事情就來了！」

我道：「上校，我並不是來看你，我是來看一頭死狗的！」

傑克上校一定以為我在故意罵他了，面色立時一沉，傑美忙解釋道：「上校，有一頭警犬死了，我們請衛先生一起來研究一下死因！」

傑克上校略呆了一呆，才笑着走了開去。我們一直來到了化驗室中，那裏，有一個小型的冷藏庫，昨天的那警員拉開了一個長櫃，我向那冷藏櫃中一看，也不禁呆住了！

那是一頭十分巨大的死狗，遍體是血，全身幾乎已沒有什麼完好的地方，全身都被抓破，抓痕又細又長，而且入肉極深，有的甚至抓裂到見骨！

那樣細、長、深的抓痕，決不會是什麼大的猛獸抓出來的，一看到那樣的抓痕，就自然而然，使人聯想到貓的利爪！

我吸了一口氣：「貓！」

傑美點了點頭：「是貓的爪，但是，一頭九十七磅重、受過嚴格訓練的警犬，有可能給一頭貓抓死麼？」

我苦笑了一下，想起我第一次偷進張老頭的住所之際，那頭大黑貓自我身後突然偷襲的情形。當時，我出手反擊，已經擊中了貓身，但是貓爪劃過，還是將我的衣袖抓裂了！

我又想起那暴發戶臉上的抓痕，只要移近半吋，只怕連他的眼珠，都會被抓出來！

我喃喃地道：「別的貓，或者不能，但是那頭大黑貓卻能。」

傑美是聽我說起過那頭大黑貓的，他道：「原來你以前說的，張老頭的黑貓，是一隻山貓！」

山貓是一種十分兇狠的動物，尤其北美洲山貓，其兇猛的程度，幾乎可以和豹相提並論，傑美這時，作那樣的推測，可以說是自然而然的事。

但是我卻可以肯定，那頭貓，不是山貓。

山貓和貓的形態雖然相似，我也不能肯定是不是沒有全黑的山貓，但是我卻可以分得出貓和山貓的不同之處。張老頭的那隻是貓，是一隻大黑貓，而決計不是一頭山貓。

是以我立時道：「誰說那是一隻山貓？」

傑美指着那死狗：「如果不是山貓，你怎麼解釋這情形。」

我只好嘆了一聲：「我無法解釋，事實上這隻貓實在太怪異了，如果不是為了那樣，那我昨晚也不會連夜來找你，想找到這隻貓了！」

傑美皺着眉：「本來，這件事和警方無關，但是這隻描這樣兇惡，可能對市民有妨礙，我們要找到張老頭才行！」

我道：「那最好了，警方要找一個人，比我一個人去找容易多了，一有他的消息，希望你告訴我。」

傑美點頭道：「可以，其實，我看不出事情有什麼神秘，那隻貓，一定是一頭兇狠的山貓。」

我不和他爭，現在爭論是沒有意義的，因為傑美沒有見過那隻貓。

我默默無言，又向那隻狗望了一眼，這頭丹麥狼狗在臨死之前，一定曾奮力搏鬥過，牠昨晚一聞到那頭大黑貓的氣味，如此不安，可能已經感到將會遭到不幸，但是，牠還是竄了出去。

我抬起頭來：「傑美，你至少有兩件事可以做，第一，狗爪之中，可能有那頭貓的毛或皮膚在，第二，帶其他的警犬，到發現狗屍的地方去調查。」

傑美望着我，他的神色十分疑惑，他好像根本沒有聽到我的話。

過了片刻，他才道：「你說那是一頭普通的貓？」

我大聲道：「我只是說，那不是山貓，只是一頭又肥又大的黑貓，牠當然不普通，普通的貓，不能殺死一頭丹麥狼狗，我自己也受過這頭黑貓的襲擊，如果不是我逃得快，我手臂上的傷痕，只怕至今未癒。」

傑美苦笑了一下，他忽然道：「這件事，我請你去代辦，怎麼樣？」

我呆了一呆，便反問道：「為什麼？是為了這件事，根本不值得警方人員作正式的調查，還是因為有什麼別的原因？」

傑美忙道：「當然是由於別的原因！」

他略頓了一頓，不等我再發問，又道：「這件事，實在太神秘了，可是其間，又沒有犯罪的意圖，如果由警方來處理的話，連名堂都沒有！」

我聽得他那樣說，倒也很同情他的處境，我來回踱了幾步，才點頭道：「好的，不過我也有一個要求，你最好將這件事情的來龍去脈，和你的上司傑克上校說說，比較好些！」

傑美道：「當然，你和上校也是老朋友了，他一定會同意由你來處理的，你需要什麼幫助，只管說，我們會盡力而為！」

第五部

老布大戰老黑貓

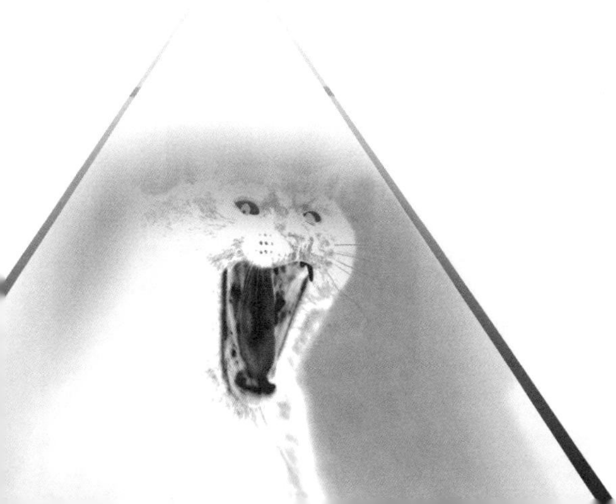

我本來已打定了主意，想向警方要幾頭警犬，但是這時卻改變了主意。

當然，我仍然要利用狗來找那頭黑貓，因為事實證明，那頭老黑貓的氣味，極其強烈，狗可以找得到牠，但是我卻要更好的狗。

所以我道：「不要幫助，有了結果，我會告訴你，發現狗屍的地點是——」

傑美將發現狗屍的地點告訴了我，我離開了警局，那時，我早已打定了主意，去找我的一個喜歡養狗的朋友，向他借一頭狗。

那個朋友承受了龐大的遺產，生活過得極其舒服，一生除了養狗之外，沒有別的嗜好，他的衣著，破舊得像是流浪漢，但是他手中所牽的狗，卻全是舉世聞名的好種，王公富豪也未必養得起。

我和這位陳先生不算是太熟，只是見過幾次，但是我卻有把握向他借到一頭最好的狗，因為如此喜歡狗，最受他歡迎的客人，一定是專為他的狗而去的人。

我駕了十多分鐘車，將車子停在一幢極大的花園洋房之前，那屋子有一個極大的花園，車子才停在鐵門外，就聽到花園中傳來了一陣吠叫聲，我覺得，一個人，能夠長期在那樣犬吠聲不絕的環境中而甘之如飴的，神經方面，總不能說是太正常。

我下了車，按門鈴，四五頭大狼狗，向鐵門撲了過來，狂吠，前足搭在鐵門上，人立着。

我按了大約兩分鐘，我知道，這間大屋子中，只有他一個人住着，因為不論他出多少工錢，都沒有僕人肯替他服務，所以我耐心等着。

過了三五分鐘，我才看到他走了出來，他向鐵門走着，在他的身邊，有十幾隻大大小小的狗，在奔走跳躍，吠叫着打圈兒。

他來到了鐵門前，看到了我，我道：「想不到吧，我來看看你的狗。」

一聽說我是特意來看他的狗隻，他高興得立時嘻開了口，大聲呼喝着，那十幾隻狗，仍然在他的身邊打着轉，但是已不再亂吠，在鐵門前的幾隻大狼狗，也退了開去。

他打開鐵門，讓我走了進去，有幾隻比較小的狗，立時走了過來，在我腳邊亂嗅，一頭大狼狗，霍地撲了過來，前足搭在我的肩上，伸長了舌頭。

我忙叫道：「喂，叫你的寵物，別對我太親熱了！」

他哈哈笑着，叱開了那頭大狼狗，和我一起走進屋子去，在我們身邊的狗，愈來愈多，少說也有三五十隻了。我們進了屋子，狗也跟了進來，我在破舊的沙發上坐下：「老陳，我想向你借一隻狗，要最兇惡善鬥的。」

他呆了一呆，笑道：「怎麼樣，可是受了鄰居的惡狗的欺負，想報仇？」

我搖頭道：「不是，受了一頭貓的欺負。」

老陳呆了一呆，忽然笑了起來：「你是在和我開玩笑了？」

我搖頭道：「一點也不，老陳，這頭貓，已經抓死了警方一頭丹麥狼狗，那丹麥狼狗人立起來，比我還高——」

我才講到這裏，老陳忽然驚叫了起來：「老湯，你說的是老湯？」

我道：「是啊，你知道這頭狗？」

老陳不安地來回走着：「這頭狗，是我送給警方的，怎麼，牠給一頭貓抓死了，這……不可能吧，牠勇敢兇猛得可以鬥一頭獅子！」

我苦笑着：「不論牠如何兇猛勇敢，牠死在貓爪之下！」

接着，我將經過的情形，向他約略說了一遍，那頭死在貓爪之下的丹麥狗，原是他養的，那就再好也沒有了，他會知道，應該有哪一頭狗，才能夠對付那隻老黑貓。

我在講完之後，才道：「所以，我來向你借一隻狗，能夠對付那頭貓的！」

老陳又呆呆地想了片刻，才道：「照這樣的情形看來，只有派老布出馬了。」

他所有的狗，是他最得意的，都叫「老」什麼，我不知道「老布」是一頭什麼樣的狗，但他是專家，他既然那麼說了，老布自然是他這裏最兇猛貓善鬥的狗了。

那就是說，老布縱使不是全世界最兇猛善鬥的狗，也必然是全亞洲最善鬥的狗了。

我望着屋子中團團打轉的那些狗：「哪一頭是老布？」

老陳笑了起來：「老布不在這裏，老布和那些狗不一樣，你跟我來！」

他一面說，一面向外走去，我跟在他的後面，到了花園中，更多的狗聚了過來，奔躍着，吠叫着，我看到好幾頭高大兇猛得難以形容的狗，我總以為老布一定在其中了，誰知仍不然，老陳帶着我，繼續向前走着。

我們走過了一列久已未經修剪的矮冬青樹，說也奇怪，本來至少有幾十頭狗，跟着我們的，但是一到了那列冬青樹前，那許多狗，十之八九，已經掉頭奔了開去，只有三四隻特別兇猛的，還在冬青樹前，逡巡來往，可是也沒有跟我們走進來。

我心中暗自稱奇，我們又走出了十來碼，我根本看不到有什麼特別勇猛的狗在，老陳忽然指着前面的一個土墩：「你看，老布正在休息！」

我循他所指看去，不禁呆了一呆。

老陳所指的，正是那個小土墩，而老陳指着，說那是老布的時候，我仍然以為那是一個小土墩，直到那「小土墩」忽然動了起來，我才看出，那是一頭狗。

這頭狗，也不像是其他的狗一樣，一見主人，就搖尾狂吠，牠只是懶洋洋地站了起來，這時，我才看出牠之所以不搖尾的原因，是因為牠根本無尾可搖，牠沒有尾。牠全身像是沒有毛一樣，只有土褐色的、打着疊起着皺的、粗糙的皮膚，身子粗而短，腿也是一樣，頭極大，臉上的皮，一層一層打着褶，口中發出一陣嗚嗚的低吠聲，形狀之醜，實在是無以復加！

我不禁失聲道：「這是什麼東西？」

老陳像是被我踏了一腳一樣，怪叫了起來：「這是什麼東西？這是老布，是全世界最美麗的狗、最勇敢的狗，牠可以打得過一頭野牛，這種美麗的純種狗，世界上不是超過十隻！」

我忙道：「是，可是牠的樣子——」

這時，老布正搖搖擺擺，看來很遲鈍地在向前走來，我一面說，一面想伸手去摸摸牠那全是打褶皺紋的頭皮，可是老陳立時拉住了我的手：「別碰牠，牠的脾氣差一點。」

我知道老陳所謂「脾氣差一點」的意思，是以我連忙縮回了手來。

老陳走到一隻箱子前，打開箱蓋，取出了一根很粗的牛腿骨來，蹲下身，將骨伸向老布的狗口中：「老布，表現你的牙力給客人看看！」老布低吠着，突然一張口，咬住了牛骨，只聽得一陣「格格」的骨頭碎裂聲，那根比人手臂還粗的牛骨，在老布短得幾乎看不見的牙齒之下，碎裂得像是雞蛋殼一樣！

我不禁吸了一口氣：「好了，我相信牠合格了，但是，牠的脾氣如果不好，我怎能帶牠出去辦事？」

老陳道：「那不要緊，第一，我會交代牠很服從你，第二，你必須將牠當作是你的朋友，老布的性格很特別，牠決不喜歡人家呼來喝去，遇到了強敵，牠也不會大驚小怪，牠是真正的高手，有高手風範，和別的狗完全不同！」

我聽得老陳這樣形容他的狗，幾乎笑出聲來，但是我總算忍住了沒有笑。

老陳示意我也蹲下身子來，這時，老布像是也知道會有什麼事發生了，牠掀着鼻子，像是在嗅着我，但是卻並不接近我。

老陳握着我的手臂，將我的手，放在牠的頭上，我接觸到了牠的皮膚，只覺得牠短而密的毛，就像是鋼刺一樣地扎手。

老布伏了下來，由我撫摸了兩下，老陳道：「你應該有所表示了！」

我呆了一呆，才一面撫摸着老布，一面道：「老布，你真是一頭了不起的狗，我從來也未曾見過像你這樣的狗，你剛才表現的牙力，真叫人驚嘆！」

我不能肯定老布聽得懂我所講的話，但是老布這時，卻擺出一副很欣賞我對牠誇獎的話的神態。據老陳的解釋是，狗嗅覺極其靈敏，像老布這樣的好狗尤甚，而一個人，心中念頭轉動的時候，會散發出各種不同的氣味，害怕的時候、歡喜的時候、憎厭的時候以及誠懇或是虛假的時候，都有不同的氣味，狗可以分辨得出來，所以老布至少可以知道我誇獎牠的那幾句話是真正出自我的衷心，所以牠很高興。

這只是老陳的解釋，由於他是一個對狗如此着迷的人，是以他的話，我也只好抱着姑妄聽之的態度，但是老布卻的確對我友善起來了。

老陳接着又拍着牠的頭：「老布，他要請你去對付一個兇惡的敵人，你要盡力！」

老布又低吠了幾聲，牠的吠叫聲，是從喉間發出來的，聽來極其低沉。老陳道：「好了，你可以帶牠走了！」

老布的頸際，並沒有項圈，牠的頸又粗又短，我不知道如何才能帶牠走，老陳看出了我的難處，笑道：「我早就説過了，牠和別的狗不同，牠不要皮帶，你走到哪裏，牠會一直在你身邊跟着，記得，牠脾氧還是不好，別讓別人碰到牠的身子，尤其是頭部。」

我知道這絕不是泛泛的警告，是以我緊記在心中，老陳和我站了起來，一起向外走去。老布挪動身子，跟在後面，牠的樣子，看來有些遲鈍。

當我們和老布一起走出那一列冬青樹之際，滿園的犬吠聲，突然一起靜了下來，所有的狗，都留在原地，蹲伏着不動，如臨大敵地望定了老布。而老布卻若無其事，仍然蹣跚地跟着我們。

老陳笑道：「老布初來的時候，有一頭兇惡的狼狗想欺負牠，牠先是一動也不動，後來，當圍在旁邊的狗愈來愈多的時候，牠一張口，就咬斷了那頭狼狗的頸，從此之後，情形就像現在那樣了！」

我看看花園中群狗的情形，也無法不相信老陳的話。

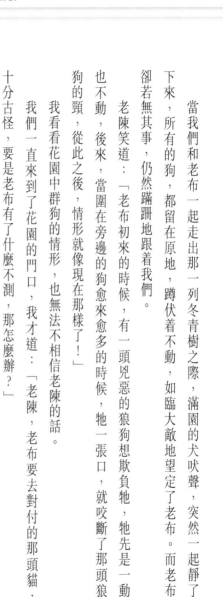

我們一直來到了花園的門口，我才道：「老陳，老布要去對付的那頭貓，十分古怪，要是老布有了什麼不測，那怎麼辦？」

老陳怒道：「胡說，老布打得過一頭飢餓的老虎！」

我搖頭道：「萬一呢？」

老陳道：「那也不關你事，我會再去找一頭比老布更好的狗——」

他講到這裏，忽然停了下來，接着，便搖着頭：「實在沒有比牠更好的狗了！」

他蹲下來，在老布粗糙的頭上，拍打着，現出一副滿足的神情來。我心中在想，如果他看到了那頭丹麥狼狗慘死的情形，他或者就不肯將老布借給我了！

但是，我只是想着，並沒有說出來，因為看來，老布確然是一頭非同凡響的狗，何況牠要去對付的貓，不論多麼兇惡，總只是一頭貓。

我也趁機拍着老布的頭，好使老布對我更親熱些，然後，我走出門外，老布跟在我的身邊，知道牠已由主人借給我了。

我先打開了一邊車門，不等我催促，老布已經跳進了車子，坐在駕駛位的旁邊。

別看老布在行動之際，好像很遲緩，但是牠這一躍，卻是快得出奇，我對牠的信心大增，上了車，直向那頭丹麥狗屍體被發現的地址駛去。

那是一條巷子，巷子的一邊，是一列倉庫房子，另一邊，是一幅空地，有木板圍着，空地中堆了不少舊機器和廢車身，巷子中也堆了不少雜物，車子根本無法駛進去，是以我在巷口停了車。

我下車，老布也跟着下了車，牠仍然靠在我的身邊，我知道狗屍是在巷子的盡頭處發現的，是以我向巷中走去，一面注意着老布的神態。在剛一下車的時候，老布並沒有什麼異樣，可是才一走進巷子幾步，老布忽然蹲了下來，我繼續向前走了幾步，不見牠跟上來，就停下來等牠。

當我轉過頭去看牠時，發現老布的形體整個變了！

老布身上的皮，粗糙而打着疊，本來鬆鬆地掛在身上，看起來樣子很奇特。但是現在卻變成了全身的皮都光滑無比，那情形，就好像牠的身中忽然充進了一股氣。

牠站着，身子看來大了許多，神態更是威猛，連我看了，心中也不禁駭然，因為狗不論如何善解人意，總不過是一頭畜生。

雖然他的主人曾要牠服從我，可是如果萬一牠對我攻擊起來，要我赤手空拳，對付一頭神態如此猛惡的惡狗，倒也不是容易的事！

是以，我不由自主，向圍隔空地的木板靠了一靠，準備萬一老布向我撲過來時，可以越過木板，向空地上逃走，那比在巷子中好得多了。

可是，當我靠着木板站定之後，我立即發現老布的神態，在突然之間，變得如此威猛，目的並不在我的身上，而在巷子的前端，因為牠的一雙眼睛，直視着巷子的盡頭，我循着牠的視線向前望去，巷子的盡頭，除了堆着幾個木箱之外，卻又沒有什麼別的東西。

而就有這時，老布開始行動了，牠開始一步一步向前走去。

老布的腿，本來就短得可以，這時牠在向前走去的時候，每跨出一步之後，四腿並不伸直，是以看來，像是肚子貼着地一樣。

但是牠那種全神戒備向前走出的形態，卻是極其威武的，就像是武俠小說中形容高手的動作經常所用的「淵停岳峙」一語。當牠在向前走的時候，牠看來不像是一頭狗，而像是一隻發現了獵物的獅子。

我等牠在我身邊走過，就跟在牠的後面。

幸而這時，巷子中一個人也沒有，不然，見到一狗一人，這樣如臨大敵地向前走着，一定會大驚小怪。

老布一直維持着同樣的形態，走到了離巷子盡頭的那些木箱，約有七八碼處，才停了下來。牠一停下，就發出了一陣驚人的吠聲。

我還是第一次聽到老布的吠叫聲，牠的吠叫聲如此之響亮，而且這樣突然，令得我嚇了一大跳，在我不知道是不是該制止住牠吠叫之際，牠的整個身子已經彈了起來，以極高的速度，向前撲去。

牠撲出的目標，顯然是那些大木箱，相隔還有七八碼左右，一撲就到，吠聲也更急。而也就在此際，只聽得大木箱中，一下貓叫，也撲出了一隻大黑貓來。

老布的動作快，那隻大黑貓的動作更快，以致我根本無法看清老布和大黑貓，交手的「第一招」是如何的情形。

但是，在貓叫和犬吠聲交集中，第一個回合，顯然是老布吃了虧。

因為我看到大黑貓一個翻滾，向外滾了開去，老布的背脊上已多了一道血痕，那大黑貓的貓爪是如此之鋭利，一爪劃過，在老布粗糙的皮上，抓出了一道一呎來長、足有半吋深的抓痕。

可是老布卻像是全然未覺一樣，大黑貓才一滾開來，老布立時一個轉身，立即向前撲出，而且，張開口向貓就咬。老布的口是真正的血盆大口，我真有點奇怪何以老布的顎骨可以作近乎一百八十度的張開，大黑貓的利爪又抓出，可是老布的一口，已經咬了下去。

眼看那頭大黑貓，這次非吃虧不可了，我看，牠的一條腿，非被老布一口咬了下來不可，但是大黑貓就在那一剎那間，一個打滾，在老布的頭前，滾了過去，利爪過處，老布的臉上又着了一下重的，鮮血灑在牆上。

這一下，老布也似乎沉不住氣了，一揚前爪，「拍」地一聲，一爪擊在老貓的身上，擊得貓兒又打了一個滾，發出了一下極難聽的叫聲。

而老布雖然身上已有了兩處傷痕，牠的動作只有更快，牠趁勢疾撲而上，黑貓正在翻滾，已被老布直撲了上去，黑貓翻過身來，貓爪向老布的腹際亂劃，只見老布的腹際，血如泉湧。

可是老布卻也在這時，咬住了黑貓的頭。

老布是世界上最好的狗，這一點，我直到這時候，才算是體會了出來。

在那樣的情形下，老布咬住了貓頭，牠卻並不是一口就將貓頭咬了下來，而是微抬起頭，向我望來，要知道，這時，貓爪仍在老布的腹際亂抓，看來老布要被牠的利爪將肚子剖開來了！

我急忙奔了過去，黑貓的頭全在老布的口中，頸在外面，我一把用力抓住了黑貓頸皮，老布立時鬆了口，我將那隻大黑貓，提了起來。

大黑貓再兇，頸際的皮被我緊緊抓住，牠的利爪，也抓不到我的身上，只見牠四爪箕張，銳利的貓爪，閃閃生光。

來。

老布發出一陣低吠聲，居然又向前走了幾步，淌了一地血，才陡地倒了下來。

這時，我不禁慌了手腳，老布如果得不到搶救，一定會流血過多而死，也直到牠倒了下來，我才看出牠腹際的傷痕有多麼深、多麼可怕。

幸而就在這時，我看到有兩個人，從巷子的口子中經過，我立時大聲叫了起來，那兩個人聽到我的叫喊聲，奔了進來。

我一手仍然緊緊地抓着那頭大黑貓的頭皮，大黑貓發出可怕的叫聲，掙扎着，力道十分大，我要盡全力，才不致給牠掙脱。

第六部

化驗中截貓尾的結果

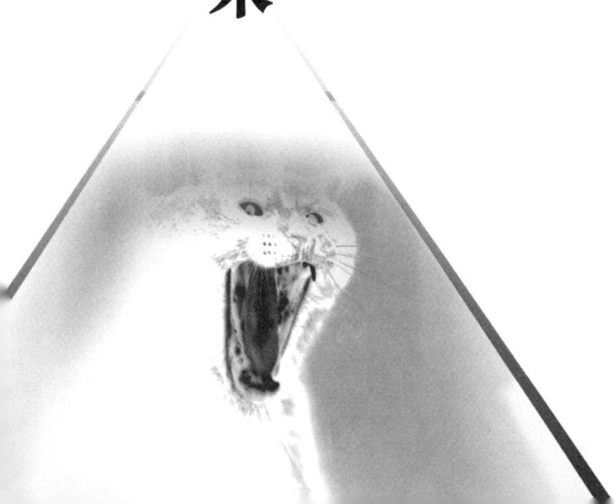

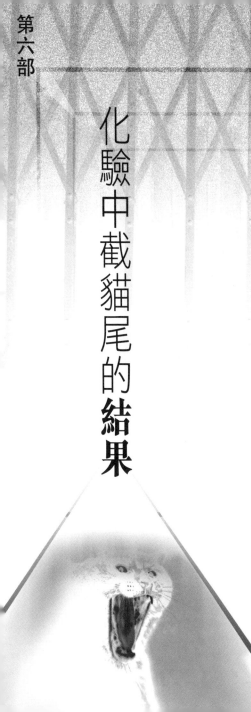

那兩個人奔到我面前，看到這等情形，呆了一呆，他們實在是無法知道發生了什麼事的。我大喝道：「別呆着，快打電話叫救傷車來！」

那兩人又是一呆：「先生，你受了傷？」

我喘着氣：「不是我，是這頭狗！」

我伸手指着地上的老布，老布不像是躺在地上，簡直是淌在一大泊鮮血之中。

那兩個人搔着頭，我心中雖然急得無可形容，但是也知道事情有點不怎麼妥當了，救傷車是救人的，就算救傷車來了，見到受傷的是一條狗，也必然不顧而去，說不定還要告我亂召救傷車之罪。

可是，怎麼辦呢？老布必須立即得到急救，牠決不能再拖延多久了，而我又要制住那頭黑貓，絕不能再讓牠逃走，我喘着氣，急得一身是汗：「你們會開車？我的車子就在巷口。」

那兩個人一起點頭。

我忙道：「那麼，請你們抱起這頭狗來，我送牠到獸醫院去，我給你們每人一千元報酬，這頭狗，是世界上最好的狗。」

那兩人立即答應了一聲，一個還脱下了外衣，扯成了布條，先將老布的身子，紮了起來，才抱着牠，向巷口走去，一路滴着血。

到了車旁，我取出了車匙，叫兩人中的一個打開了行李箱，我準備將那頭大黑貓，鎖在行李箱中。

我抓住了那頭黑貓的頸際，一個人幫我托起了行李箱蓋來，那頭大黑貓在不斷掙扎着，我是領教過牠動作之敏捷的，是以，當行李箱打開之後，我不禁躊躇了起來，我是不是可以將黑貓放進去，而從容合上行李箱蓋，將牠困在裏面呢？

當然，我的動作可以快到半秒鐘就完成，但是，只要有半秒鐘的空隙，那頭黑貓就可能逃走了。

我在車子旁呆了幾秒鐘，想不出什麼好辦法來，那兩個人反倒着急了起來，其中的一個催着我：「喂，你發什麼呆？那狗要死了。」

我忙道：「我在考慮如何將這隻貓關進行李箱去！」

站在我身邊的那人道：「你怕牠逃走？將牠拋進去，不就可以了？」我根本沒有時間去考慮採取妥善的辦法，自然也沒有時間，去向那人解釋這隻老黑貓是如何異乎尋常，因為這時，與多一分鐘的耽擱，就可能影響老布的性命。

我先揚起手臂，將那頭黑貓高高提了起來，那貓一定知道將會有什麼事發生，所以牠在被我提高的時候，發出可怕的嗥叫聲來。

那種聲音，實在不應該由一頭貓的口中發出來的，是以在我身邊的那人，不由自主，向後退出了一步，我左手抓定了行李箱的蓋，高舉起來的右手，猛地向下一摔，五指鬆開。

老黑貓被我結結實實地摔在行車箱中，而我的右手，也立時向下一沉，「砰」地一聲，行李箱蓋蓋上了，我雙手的動作，配合得十分之好，相差不會超過十分之一秒。但是，我還是對那隻黑貓估計太低了。

行李箱蓋「砰」地蓋上之前的一剎那，黑貓一面發出可怕的聲音，一面已經向外竄了出去。我一看到這種情形，連忙後退，同時也將我身邊的那人拉了開去。在那樣的情形下，我們兩人之中的任何一個人，要是被大黑貓迎面撲中的話，那就非步老布的後塵不可。

我拉着那人疾退出了兩步，只聽得一陣可怕的嗥叫聲和爬搔聲，黑貓仍然在行李箱上。我看到在牠的利爪過處，車身上的噴漆，一條一條，被抓了下來，黑貓全身毛聳起，眼張得老大，那情形真是可怕極了。

在開始的時候，我還弄不清那是怎麼一回事，我還以為那頭黑貓恨極了我，要作勢向我撲過來對付我，是以又後退了幾步。

然而，我立即看清楚了，黑貓並不是不想走，而是牠不能走，因為我的動作快，牠雖然及時向外竄來，但是還差了那麼一點：牠的尾巴，夾在行李箱蓋之下了！

這時，牠正在竭力掙扎着，牠的利爪，抓在車身上，發出極其可怕的聲音來。

當我看清了這樣的情形之後，我不禁呆住了！

我該怎麼辦？我不能任由牠的尾巴夾在行李箱蓋之下而駕車走，我也沒有法子再打開行李箱蓋來，因為一打開箱蓋，牠一定逃走！

我呆了約莫半分鐘，已坐在司機位上的那人，又大聲催促着。

我一橫心：「我們走！」

我和另一個人，一起走進車廂，在那一剎那間，我的決定是：先將老布送到獸醫院去再說！

就在我們兩人相斷進入車子之際，車子發動，也就在那時，黑貓發出了一下尖銳之極，令我畢生難忘的慘叫聲，帶着一蓬鮮血，直竄了起來。

我轉過頭去，鮮血灑在車後窗的玻璃上，但是我還是可以看得很清楚，黑貓自車身上，越過了圍住空地的木板，竄進了空地之中。

牠的尾巴，斷了大半截，斷尾仍然夾在行李箱蓋之下，那一大蓬鮮血，是牠掙斷了尾巴的時候冒出來的。

看到這種情形，我不禁啼笑皆非！

費了那麼大的勁，我的目的就是希望能夠捉到這頭老貓，從老貓的身上，再引出牠的主人張老頭來，來解釋那一連串不可思議的事。

可是現在，鬧得老布受了重傷，我卻仍然未曾得到那頭貓。

如果勉強要說我有收穫的話，那麼，我的收穫，就是壓在行李箱蓋下的那截貓尾。

我苦笑着，時間不允許我再去捉那頭貓了，老布等着急救。

而事實上，就算我有足夠時間的話，我也沒有可能捉得到牠了！

我只好吩咐道：「快到獸醫院去！」

車子由那兩人中的一個駕駛，車廂中也全是血，那是老布的血，我的腦中，亂到了極點，我曾經對付過許多形形色色極難對付的人和事，我不得不承認，到現在為止，最叫我頭痛、感到難以對付的，就是這頭又大又肥又老又黑的怪貓。

車子到了獸醫院，老布被抬了進去，我給了那兩個人酬金，他們歡天喜地地離去，我和獸醫談了幾句，又來到獸醫院之外，打開了行李箱蓋。

行李箱蓋一打開，半截貓尾，跌進了行李箱中。我拎着尾尖，將那半截貓尾，提了起來，苦笑了一下。

要扯斷一截那樣粗的尾巴，連皮帶骨，決不是尋常的事，我真懷疑一隻貓是不是有那麼大的力量和勇氣，來扯斷自己的尾。

但是無論如何，這隻貓做到了！

我呆了片刻，順手拿起行李箱中的一塊膠布，將那段貓尾包了起來。

在那時候，我真還未曾想到，這半截貓尾有什麼用處，能給我什麼幫助。

但是我還是將之包了起來，因為這是我唯一的收穫了。然後，我又回到獸醫院，先洗淨了我手上的血，才去看老布。

獸醫已經替老布縫好了傷口，老布躺在一張<q7>上，一動也不動，我走到牠的身邊，牠只是微微睜開眼，我問獸醫道：「牠能活麼？」

獸醫道：「如果人傷得那麼重，肯定不能活了；但是狗可能活着，動物的生命力，大都比人強得多，不過現在我還不能肯定，至少要過三天，才能斷言。」

獸醫望着我，望了片刻，在那片刻之間，他臉上現出極度疑惑的神色來，道：「這是一頭極好的戰鬥狗，是什麼東西，令牠傷成那樣的？牠好像和一頭黑豹打過架。」

我苦笑道：「牠和一隻黑貓打過架。」

獸醫呆了一呆，看他的神情，多半以為我是神經病，所以他沒有再和我説下去，又拿起注射器來，替老布注射着，我轉過身，打了一個電話給老陳，告訴他老布在獸醫院，傷得很重。

老布受傷的消息，給予老陳以極大的震動，在電話中聽來，他的聲音也在發顫，他道：「我就來，告訴我，牠怎麼樣了？」

望了望躺在枱上的老布，我只好苦笑道：「我只能告訴你，牠還沒有死！」

老陳一定是放下電話之後，立即趕來的，他的車子還可能是闖了不知多少紅燈，因為十分鐘之後，他就氣急敗壞地闖了進來。

那時，老布連眼也不睜開來，我以為老布已經死了，還好獸醫解釋得快，說他才替老布注射了麻醉劑，使他昏迷過去，以減少痛苦，要不然，老陳真可能嚎啕大哭。

我向老陳表示我的歉意，令老布受了重傷，但是老陳根本沒有聽到，他只是在向獸醫發出一連串的問題。老陳是養狗的專家，對於醫治護理傷狗的知識十分豐富，問的問題，也很中肯。

我和他說不幾句，他就揮手道：「你管你的去吧，這裏沒有你的事了。」

我嘆了一聲，知道我再留在這裏，也是沒有用的事。是以我走了出來，上了車子，呆坐了片刻，才駕着車離去，我心中實是亂到了極點，所以，在半小時之後，我竟發覺自己，一直只是漫無目的地駕着車，在馬路上打着轉！

我勉力定了定神，才想起在車子的行李箱裏，還有着一截貓尾巴在。這隻大黑貓，既然如此怪異，我有了牠的一截斷尾，或許可以化驗出什麼來。警方有着完善的化驗室，我自然要去找一找傑美。

我駕車直驅警局，找到了傑美，和他一起來到了化驗室，當然，我拿着那截貓尾。化驗室主任看到那截貓尾，便皺起眉來：「你的目的是什麼？」

傑美望着我，我只好道：「我想知道，這隻貓，和別的貓是不是有所不同？」

主任的聲音尖了起來：「你在和我開玩笑，貓就是貓，有什麼不同？」

我只好陪着笑，因為我的要求，對一個受過嚴格科學訓練的化驗室主持人而言，的確是有點想入非非的。

我支吾着道：「或許可以查出一點什麼來，例如這隻貓的種類、牠的年紀，等等。」

主任老大不願意地叫來了一個助手，吩咐助手去主持化驗，就轉身走了開去。我和傑美兩人，自化驗室中，走了出來。

傑美以一種十分誠懇的態度，拍了拍我的肩頭：「衛斯理，這件事，我看算了吧！」

我瞪着眼：「算了，什麼意思？」

傑美道：「我的意思是，別再追查下去了，你也不致於空閒到完全沒有事情做，何必為一頭貓去煩個不休？」

我呆了片刻，才正色道：「傑美，你完全弄錯了，站在一個警員的立場而言，這件事，的確沒有再發展下去的必要了！」

傑美笑着：「在你的立場，又有何不同？」

我道：「當然不同，在我而言，這件事，還才開始，我剛捉摸到這件神秘莫測的事的一點邊緣，你就叫我放棄，那怎麼可能？」

傑美攤着手：「好了，你是一個神秘事件的探索者，正如你所說，警方對這件事，已經一點興趣也沒有，化驗一截貓尾，在警方的工作而言，可以說，已到了荒唐的頂點。」

我明白了傑美的意思，心中不免很生氣：「我知道了，自此之後，我不會再來麻煩你們，事實上，本市有好幾家私人化驗所，設備不比這裏差，既然你認為這件事荒唐，我去將貓尾取回來。」

傑美看到我板起了臉說話，顯然生氣了，他忙陪笑道：「那也不必了，何必如此認真。」

我冷笑着：「這半截貓尾，是我唯一的收穫，我不想被人隨便擱置一旁，作不負責任的處理，我要詳盡的報告，對不起，我一定要拿回來！」

看到我這樣堅持，傑美也樂得推卸責任，他考慮了片刻，才道：「也好，由得你。」

他轉身走進去，將那半截貓尾取了出來。我心中生氣，也不和傑美道別，逕自上了車，到了另一家私人的化驗所。

那化驗所的人員，看到了我提着半截貓尾來，要求作最詳盡的化驗，也不禁覺得奇怪，但是他們的態度卻比警方化驗所人員好得多，接受了我的要求，並且答應盡快將結果告訴我。

在接下來的兩天中，我真可以說是苦不堪言。因為老陳堅持要在獸醫院中，日夜不離，陪着老布，所以，照顧他所養的那一大群狗的任務，便落在我的身上。

老布的受傷，是因我而起的，這樁任務雖然討厭，但是我卻也義無反顧。

一直到第三天，老陳才回來了，他神情憔悴，但是情神倒還好，因為老布已經渡過了危險期。

我回到家中，足足沐浴了大半小時，才倦極而臥，一直到天黑，才朦朦朧朧醒來，白素正站在我的身邊：「那家化驗所的負責人，打了好幾次電話來，我看你睡得沉，沒有叫醒你。」

一聽得那樣的話，我倦意立時消除，一翻身坐了起來，白素已替我接通了電話。

我拿過電話聽筒來，劈頭第一句就問道：「有什麼特別的結果？」

那負責人像是有什麼難言之隱一樣，並沒有立時回答我的問題，支支吾吾了好半晌，才道：「我們已證明，那是一頭埃及貓，不過，你最好來一次。」

我追問：「有什麼特別？」

那負責人堅持道：「電話中很難說得明白，你最好來一次，我們還要給你看一些東西。」

我心中十分疑惑，我不知道他們究竟發現了什麼，但是那一定是極其古怪的事，可以說是沒有疑問的了，而希望有不同尋常的發現，那正是我的目的，是以我放下電話，立即動身。

我被化驗所的負責人引進了化驗室，負責人對我道：「我們以前，也作過不少動物的化驗，大多數是狗，你知道，動物的年齡，可以從牠骨骼的生長狀況之中，得到結論的。」

我點頭道：「我知道。」

負責人帶我到一張枱前，枱上有一具顯微鏡，他着亮了燈：「請你看一看。」

我俯首去看那具顯微鏡，看到了一片灰白色的、有許多孔洞、結構很奇特的東西。一面看，我一面問道：「這是什麼？」

負責人道：「這是一頭狗的骨骼的鈣組織切片，這頭狗的年齡，是十七歲，骨骼的鈣化，到了相當緊密的程度，沒有比較，或者你還不容易明白的。」

負責人換了一個切片：「這是十歲的狗。」

我繼續看看，一眼就看出了它們之間的不同，鈣組織的緊密和鬆有着顯著的分別。

我道：「你想叫我明白什麼？」

負責人又替我換了切片：「請看！」

我再湊眼去看，看到的仍是一片灰白，我知道，那仍然是動物骨骼鈣組織的切片，可是，那灰白的一片，其間卻一點空隙也沒有。

非但沒有一點空隙，而且，組織重疊，一層蓋着一層，緊密無比。

我道：「這一定是年紀很大的動物了！」

負責人望着我：「這就是你拿來的那半截貓尾的骨骼鈣組織切片。」

我呆了一呆，感到很興奮，總算有了多少發現了，我問道：「那麼，這貓有幾多歲？」

負責人的臉上現出十分古怪的神色來，他先苦笑了一下，才道：「兩天前我已經發現了這切片與眾不同之處，我曾請教過另外幾位專家——」

我感到很不耐煩，打斷了他的話頭，道：「這頭貓，究竟多老了？」

負責人揮了揮手：「你聽我講下去，其中一位專家，藏有一片鷹嘴龜的骨骼鈣組織切片標本，那頭鷹嘴龜，是現時所知世界上壽命最長的生物，被證明已經活了四百二十年的。」

這時，我倒反而不再催他了，因為我聽到了「四百二十年」這個數字，我呆住了。

從他的口氣聽來，似乎這頭黑貓，和活了四百二十年的鷹嘴龜差不多，這實在是不可能的。

然而，我還是想錯了！

負責人的笑容更苦澀，他繼續道：「可是，和貓尾骨的切片相比較，證明這隻貓活着的時間更長，至少超過四倍以上。」

我張大了口，那負責人同樣也以這種古怪的神情，望定了我。

過了好半晌，我才道：「先生，你不是想告訴我，這隻貓，已超過一千歲了吧？」

負責人有點無可奈何道：「一千歲，這是最保守的估計。衛先生，如果不是靠估計，撇開了我們所有原來知道的知識不論，單就骨骼鈣組織切片的比較，那黑貓已經超過三千歲了。」

我嚷叫了起來：「太荒誕了，那不可能！」

負責人搖着頭：「可是，這是最科學的鑒別動物生活年齡的方法，動物只要活着，骨骼的鈣化，就在不斷進行着。」

我深深地吸了一口氣，找了一張椅子，坐了下來，因為在那剎那間，我有點站立不穩之感。

我早已看出那頭黑貓，又肥又大，是一頭老貓了，但是，無論我怎麼想，也無法想到牠竟老到三千多歲。而且，化驗室負責人說「超過三千歲」，正確的數字，他不能肯定。人類的文明記載，才多少年？說長一點，算是四千年吧，那麼，這頭黑貓難道老得和人類的文明一樣，牠竟是那樣的一頭老貓！

我坐定了之後：「所長，那不可能。」

所長攤開了手：「這也正是我的結論：那不可能。然而，我又無法推翻觀察所得，所以我要請你來，和你當面說話。」

我只覺得耳際「嗡嗡」直響，過了好一會，我才又道：「其他還有什麼發現？」

所長道：「其他的發現很平常，證明那是一頭埃及貓，貓正是由埃及發源

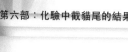

的。」

我站了起來，有這樣的發現之後，我更要去找這頭大黑貓和張老頭了。

我真懷疑，張老頭養這頭貓，不知是不是知道這頭貓已經老得有三千多歲了？

我走向化驗所的門口，所長送我出來：「那半截貓尾，你是要帶回去，還是——」

我道：「暫時留在你們這裏好了！」

所長忙道：「好，如果有機會的話，我想看看這一頭貓，這實在不可能。」

我已經在向外走去了的，可是突然間我想起來：「所長，你說你曾邀請專家來研究過，他們的意見怎樣，請你說一說。」

所長道：「有幾位專家說，這隻貓一定曾患過病，或是由於內泌不正常，所以形成了骨骼鈣組織的異常變化，我覺得這是最合理的假定了。」

我呆了半晌，任何貓，即使是一頭兇惡得如同那頭大黑貓一樣的貓，也決計不可能有三千歲那樣長命的。事實上，除了某些植物之外，根本沒有如此長命的生物。那麼，看來，所長所轉達的專家們的意見，才是合理的解釋。

然而，當我一想到這一點的時候，眼前又現出那隻大黑貓的那一對眼睛來，如此光芒隱射、如此深邃，那看來，不像是一對貓的眼睛，倒像是什麼有着極其深遠的智慧的生物一樣，這對眼睛，使人有牠比聰明的人類更聰明的感覺。

第七部

妖貓的報復

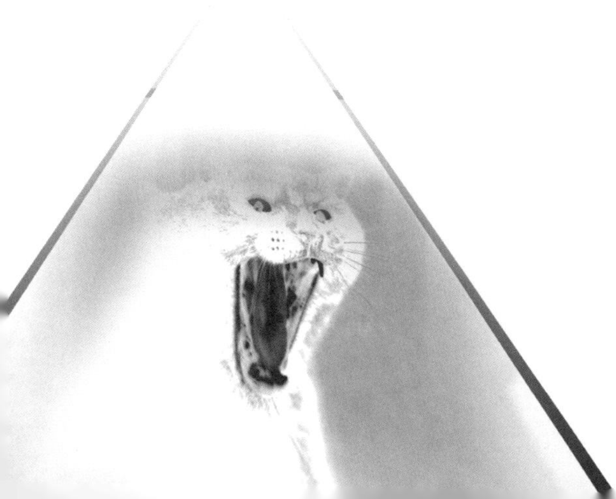

我腦中的思緒很亂，是以我在不由自主地搖着頭。

所長又重提剛才的話：「如果你有那頭貓，我想詳細檢查一下。」

我問道：「你還想發現什麼？」

所長略想了一想：「剛才我對你說的，那位專家的推測，聽來好像是唯一合理的解釋，但是事實上也有它不合理之處！」

我望着他，老實說，我的心中，反倒願意那位專家的解釋正確。我曾給不少怪異的事弄得心神不定，但是從來也未曾像這一次一樣，給一頭貓弄得這樣顛倒過，我實在不想再提起任何有關那隻貓的事了，所以我寧願牠是一隻普通的老貓，只不過是有某些不正常，是以才形成了牠骨骼鈣組織的異常變化。

可是，所長卻又說那不合理！

我望着所長，並沒有出聲，所長接着又道：「你知道，任何生物，都有生長的極限，簡單地說，一頭貓，如果牠的骨骼鈣組織已發展到了這個地步，牠早就無法活下去了。」

我略怔了一怔：「可是這頭貓，卻是活生生的！」

所長皺起了眉：「所以我才要看看這隻貓，衛斯理，用人的情形來作譬喻，這種情形，就像是有『靈魂』頂着一個早已死亡的殭屍復活了！」

聽得所長那麼說法，我不禁苦笑了起來。

事情愈來愈荒誕了，我呆了好一會，才道：「你為什麼不說有『靈魂』借用了那隻貓的身體呢？」

所長像是自己也知道這種假設太不可思議了，是以他也自嘲地笑了起來：「借屍還魂的事，究竟不怎麼可靠，而且，人的屍體有機會被保存幾千年，貓的屍體有什麼機會，被保存幾千年？」

我思緒本就已經夠亂的了，再給所長提出了「借屍還魂」這個問題來，我更是茫然摸不着一點頭緒。在那樣的情形下，我莫名其妙地變得暴躁起來，大聲道：「太荒謬了，根本不可能有借屍還魂的事！」

所長睜大了眼，奇怪地望着我：「咦，我一直認為你是想像力極豐富的人，你一直說，宇宙之間沒有什麼事是不可能的，所謂不可能，是人類的知識還未發展到這一地步，是自我掩飾的詞令。為什麼你今天忽然改變了想法？」

我無法回答他的這個問題，只好苦笑着，拍着他的肩頭：「請原諒我，因為我實在給這頭貓弄得頭昏腦脹。不想牠再出什麼新的花樣了！」

所長搖着頭：「不要緊，我也不過隨便說說。」

我嘆了一聲：「我一定會盡力去找那頭貓，和牠的主人，找到之後我通知你。」

所長高興地答應着，送我出來。

到了外面，陽光照在我的身上，我看到了馬路上的那麼多行人，才肯定我自己仍然是在我所熟悉、生長的世界之中。

我一定要找到那頭貓，要在一個大城市中找到一頭貓，那不是一件很容易的事，但是，要找一個人的話，那就容易得多了，所以我下定了決心，我要找到張老頭。

那頭貓是張老頭養的，張老頭甚至經常帶着牠外出（古董店老闆說的），那麼，張老頭對這隻貓一定極其熟悉，我想，如果找到了張老頭，事情一定可以有進一步的發展，不會像現在那樣一片迷霧了。

但是，要找張老頭的話，該如何着手呢？

我一面走，一面在想着，終於決定了去找那位古董店的老闆。

當我見到了古董店老闆之際，他對那一對被貓打碎了的花瓶，不勝欷歔，並且告訴我，那暴發戶也去找過他，希望再找一對同樣的花瓶。

這正合我的來意，我慫恿他登一個廣告，表示希望和那位出讓花瓶的張先生見面，我替他擬了這則廣告，廣告的文字，暗示着這對花瓶的賣主，如果和古董店老闆再見面的話，可以有意想不到的額外的好處。

人總是貪心的，我想，張老頭在看到了這則廣告之後，或者會出現和古董店老闆聯絡。

我除了這樣做之外，似乎已沒有什麼別的辦法可想了。

本來，我也想到過，那頭黑貓自己扯斷了尾，血淋淋地逃走，或者張老頭會帶牠到醫獸院去，我似乎應該到全市的獸醫院去調查一下。

但是，我隨即打消了這個念頭，一則，當我想到這一點的時候，已經遲了，如果張老頭曾攜貓求醫，一定早已去過了。二則，我認為那頭貓既然如此異乎尋常，那麼，張老頭十之八九，不會帶牠去求醫的。

我回到了家中，每天都等古董店老闆來通知我張老頭出現的消息。可是一連等了七八天，都是音信杳然。

白素看到我有點神魂顛倒，不住地勸我放棄這件事。事實上，張老頭要是不出現的話，我想不放棄，也不可能了。

天氣漸漸涼了起來，是在離開我和化驗所所長談話的十天之後，那一天，我們夜歸，我和白素，由一位朋友的車子送回來。

為了不過分麻煩人家，車子停在街口，我們走回家，當然要走的距離不會太長，大約是兩百碼左右。

那時，是凌晨三時，街上靜得出奇，我才走了十來步，就停了下來，十分惑疑地問：「你覺得麼？」

白素呆了一呆：「覺得什麼？」

我有點緊張地道：「好像有人躲在黑暗中望着我們！」

一個敏感的人，是時時會有這種感覺的，我是一個敏感的人，白素也是。這時，我看白素的神情，顯然她也有了同樣的感覺。

覺得有人在暗中監視着自己，那是一種十分微妙、很難形容的事。當有這種感覺的時候，實際上，還根本看不到任何人，也看不見黑暗之中有什麼眼睛的光芒，但是卻突然之間有了這樣的感覺，使得人感到極度的不舒服。

白素和我的腳步慢了下來，我低聲道：「小心，可能會有人向我們襲擊。」

白素緩緩吸了一口氣：「那麼靜，要是有什麼人向我們襲擊的話，一定會有聲響發出來的。」

我們一面說，一面仍然在向前走着。已經可以看到家門了，我又低聲道：

「未必，或許當我們聽到什麼聲音時，已經遲了！」

愈是接近家門口，那種被人在暗中監視着的感覺愈甚，可是四周圍仍是靜得出奇，一個人也沒有。我和白素都感到十分緊張，我們終於到了門口，沒有什麼事發生，我取出了鑰匙來。

就在我要將鑰匙插進鎖孔之際，忽然聽到白素叫道：「小心！」

那真是不到百分之一秒之間發生的事，白素才一叫，我便覺出，半空之中，有一團東西，向着我的頭頂，直撲了下來。

而也就在那一剎那間，白素一面叫，一面已然疾揚起她的手袋來。

那團自我頭上撲下來的黑影，來勢快到了極點，但是白素的動作也很快，「拍」地一聲，手袋揚起，正打在那團東西上。

那團東西，發出了一下可怕的叫聲，也就在那一剎那間，我陡地想起，自半空之中向我直撲下來的，正是那頭老黑貓！

也就在那一下難聽之極的貓叫聲中，我的身子，陡地向後一仰，我已看清了那頭貓，牠那雙暗綠的眼睛，閃着一種妖光。

白素的手袋擊中了牠，但是牠的身子在半空中翻騰着，利爪還是在我的肩頭上疾抓了一下，使我感到了一陣劇痛，我立時飛起一腳，正踢在牠的身上，牠再發出了一下怪叫聲，又滾了開去。

等到我和白素一起趕過去追牠時，牠早已跑得蹤影不見了。

這一切，加起來，只怕還不到十秒鐘，我感到肩頭疼痛，白素也驚叫了起來：「你被牠抓中了！」

我低頭看去，肩頭上的衣服全碎了，血在泌出來，我吸了一口氣：「快進去！」

白素急急開門，我已將上衣和襯衫，一起脫了下來，肩頭上的傷痕，約有四吋長，還好，入肉不是太深，但是也夠痛的了。

進了屋子，白素替我用消毒水洗着傷口，又紮了起來：「這貓……我看你要到醫院去。」

白素在那樣說的時候，滿面皆是愁容。

而我的心中，也覺得不是味道到了極點。我曾和許多世界上第一流的搏擊專家動手，而了無損傷，可是現在卻叫貓抓了一下，那自然不是滋味之極了。可是看到白素那樣着急，我只好裝着輕鬆一些：「到醫院去？不致那麼嚴重吧！」

白素卻堅持道：「一定要去！」

我也感到事情有點不對頭，那隻貓，分明是有備而來，向我來報斷尾之仇的，雖然，從來也沒有貓爪上有毒的記載，可是那是一頭異乎尋常的怪貓，誰知道牠的爪上有些什麼？

為了安全計，我的確應該到醫院去，接受一些預防注射，是以我點了點頭。

我們立即離開了家，在車中，我仍然努力在開解白素，我笑道：「這倒是一篇很好的神秘小說的題材，這篇神秘小說，就叫着『妖貓復仇記』好了！」

白素一面駕着車，一面瞪了我一眼：「別不將這隻貓當作一回事，牠既然能找到你，一定不肯就將你抓一下就算了！」

我笑了起來：「是麼？牠還想怎樣，難道想將我抓死？」

白素皺起了眉不說話。

這時，我自然沒有把白素的話放在心上，因為不論怎樣，我的「敵人」只不過是一頭貓，要是我連一頭貓也鬥不過的話，那還像話麼？

所以，當時我只覺得好笑。

但是，當我從醫院中回來之後，我就笑不出來了。

在醫院中，我接受了幾種注射，醫生又替我包紮了傷口，等到我回家的時候，天已亮了。

還未打開家門，我就首先發現，有一塊玻璃碎了，而一推開家門，看到了客廳中的情形，我和白素兩人都呆住了！

我立時發出了一下怒吼聲——這是任何人看到了自己的家遭到這樣卑鄙而

徹底的破壞之後，所必然產生的一種反應。

我雙手緊緊地揑着拳，直揑得指節骨「格格」作響，白素則只是木然站着。

過了好一會，白素才首先打破沉默：「我早知道牠會再來的！」

我在那一剎那間，有天旋地轉之感，客廳中的破壞，是如此之甚，所有可以撕開的東西，都被撕成一條條，桌布、皮沙發的面、窗簾，都變成了布條，甚至連地毯也被撕裂了。

牆上掛着的字畫，全成了碎片，有很多，好像還曾被放在口中咀嚼過。所有可以打得碎的東西，都打成了粉碎，甚至一張大理石面的小圓桌，上面也全是一條一條的爪痕，石屑散落在桌面和地上。

如果說這樣的破壞是一頭貓所造成的，這實在是令人難以相信的一件事。

但是，那的而且確是一頭貓所造成的！

是貓的利爪，將一切撕成了碎片，是貓打碎了一切可以打碎的東西。自然，那不是一頭普通的貓，就是曾被我捉住過、弄斷了牠尾巴的那頭妖貓！

我和白素互望着，我們的心中，都有說不出來的氣憤，家中的一切陳設家俬，全是我們心愛的，我們的家，是一個溫馨可愛的家，但是現在，一切全被破壞了，最令我們氣憤的是，對方只是一頭貓，就算你捉到了牠，將牠打死了，又怎怎樣？牠只不過是一頭貓！

我們慢慢地向前走去，到了樓梯口，白素身子忽然微微發起抖來：「樓上不知怎麼樣了？」

我陡然地吸了一口氣，像是發瘋一樣地向上，衝了上去。還好，樓上的一切，沒有損壞，我打開了幾間房門，房間內的一切，也未曾損壞。我和白素，一夜未睡，都已經相當疲倦了，但是我們都沒有休息，我們要收拾客飯廳中被毀壞的一切。等到將一切被弄壞了的東西都搬弄了出去之後，我們的屋子，看來就像是要搬家一樣，幾乎什麼也沒有了。

到了中午時分，胡亂吃了一些東西，我們上樓，在書房中，面對面坐了下來。

白素又喃喃地道：「我早知道牠會再來！」

一聽到白素重複那句話，我突然站了起來：「牠還會再來！」

白素睜大了眼睛望着我，我道：「看，我使牠斷了尾巴，牠來報仇，是不是？」

一頭貓來向人尋仇，這事情聽來有點匪夷所思，但是實際上，那貓的確是來報仇的，是以白素在呆一呆之後，點了點頭。

我指着自己的肩頭（它還在隱隱作痛），道：「現在牠的報仇並沒有成功，牠只不過將我抓了一下，我傷得很輕，牠雖然破壞了我客廳中的一切，但是對一頭貓而言，那是難泄牠心頭之恨的——」

我講到這裏，提高了聲音：「所以，牠還會再來，再來對付我！」

白素苦笑着：「那我們怎麼辦，我實在受夠了！」

我冷笑着：「看我捉到了牠之後如何對付牠！」

白素望了我半晌，才道：「你準備如何對付牠，牠畢竟只是一頭貓。」

我實在恨極了，我道：「然而，牠比人還可惡，我不會放過牠！」

白素又望了我半晌，才嘆了一口氣：「我不希望你因此而變得殘忍！」

在白素沒有那麼講的時候，由於我恨那頭貓，恨到了極點，是以我心中，不知盤算了多少方法，當我將那頭貓捉住之後，可以虐待牠，我甚至想到，要用沸水來淋牠！

可是，當我聽到白素那樣提醒我之後，我不禁感到很慚愧，我想：我是怎麼了？我從來也不是一個無聊到要虐待動物來泄憤的人，可以說，我從來也不是有那種殘忍虐待心理的人。

殘忍的虐待心理，是人類的劣根性之一，是人類野蠻的天性之一。這種野蠻的天性，雖然經過數千年文明的薰陶，但是還是很容易在沒有知識的人身上找到這種根深蒂固的野蠻天性。在街頭上，不是經常可以看到身高幾乎六呎的大人在虐待小動物麼？

我更一向認為，這種虐待殘忍心理，從虐待小動物開始，就可以看出這個人的野蠻和下流，那是一種獸性，是我最厭惡的事情。

但是，我自己卻也在想着用沸水淋那頭貓！

白素的話，使我感到慚愧，也使我感到，那頭貓，在使我漸漸趨向不正常，再下去的話，我可能會神經失常，變成瘋子！

我心中暗暗吃驚，鎮定了好一會，我才道：「不論怎樣，我一定要捉到那頭貓！」

白素幽幽地問道：「有什麼辦法？」

我道：「希望牠今天晚上再來，我去準備，我料牠今晚再來，一定會來攻擊我！」

白素現出駭然的神色來，那頭妖貓——稱之為妖貓絕不為過——可以說防不勝防，人枉為萬物之靈，但是在狙擊方面，想勝一頭貓，可以說極不容易！

但是白素立時鎮定了下來：「好，我們現在就開始準備！」

想到那頭貓還會來，而我又可能捉到牠，精神不禁為之一振。

我們先將要準備的東西記下來，然後分頭去買。

等到晚上，我們因為精神緊張和亢奮，反而不覺得疲倦了。我們估計那頭貓，如果夠乖巧的話，可能要到下半夜才來，是以天色才黑，剛吃完了晚飯，我們就睡了。我將一張大網，放在牀邊。

那張網和捉蝴蝶的網差不多，有一個長柄，是結實的尼龍織成的，柄上連着一根繩子，可以將網口收小，我將網放在牀邊，以便一伸手就可以拿得到。

白素有她的辦法，她將一條相當厚的棉被，放在身邊備用。

我們兩人，也經歷過不少大敵，這時，為了對付一頭貓而如此大動干戈，想起來，實在有點啼笑皆非。

八點鐘，我們全睡着了，究竟一天一夜沒有休息了，是以一睡着了之後，就睡得很甜，鬧鐘在午夜二時，將我叫醒，我又搖醒了白素。

我們都躺在牀上不動，等着，傾聽着。

靜得出奇，一點聲響也沒有。所有的窗子，全拉上了窗簾，是以房間中也暗得出奇，什麼也看不到。

我們等了足足一個鐘頭，什麼事情也沒有發生，我低聲道：「或許牠不來了！」

白素苦笑了一下，我知道她苦笑的意思，那頭妖貓，今晚就算不來，明晚也會來的，明晚不來，後晚來的可能性就更高。

而我們是不能永遠這樣等下去的。

我不出聲，在黑暗中，又等了半小時，我打了一個呵欠，正想說「我們別再等了吧」，忽然，房門上，傳來了一下輕微的爬搔聲。

我立時推了白素一下，我們都在牀上躺着不動。我自然不認為一頭貓可以有能力旋轉門柄，開門進房間來。

但是我卻清楚記得，我第一次到張老頭家中去的時候，那貓曾在逃進房間之後，將房門大力關上的。

今晚，我是特地等牠來的，在我醒來之後，已將房門打開，房門只是虛掩着的。

所以，在聽到那一下爬搔聲之後，我們立時一動也不動。

沒有聲響繼續傳來，但是我卻可以知道，房門已經被推開，因為有些微亮光，射了進來。

緊接着，我更可以肯定，那頭貓已經進來了！

我自然不能在黑暗之中，看到一頭大黑貓的行動，但是我卻可以看到牠的一對眼睛。牠的眼睛在黑暗中閃着妖裏妖氣的光芒，牠在了無聲息地走進來。

我已經抓住了那張網的柄，那頭貓也來得十分小心，牠緩緩地向前走着，看來像是一個慣於夜間行兇的兇手。

我緊緊地抓住網柄，注視着牠一閃一閃的眼睛，然後，突然之間，揚起網來。

我和那頭貓，幾乎是同時發動的，我才一揚起網，那貓也在這時，撲了上來，牠才一撲起，像是已經知道不對頭了，是以牠發出了一下怪叫聲，而那張網，也在這時，向牠兜頭罩了下去。

手中一沉，我知道那頭貓已經落網了，我也不禁發出一下歡呼聲來，這時，我早已坐起了身來，立時想去收緊網口，可是，也就在那一剎那間，手中一輕，那頭妖貓，竟然又跳了出去。

但是牠才一跳出去，又是一聲怪叫，牠的那雙綠黝黝的眼睛，已經不見了，同時，牠的叫聲，聽來也變得十分沉悶。

同時，白素大聲叫了起來：「快開燈！」

我跳了起來，着亮了燈，看到白素將那張大棉被，壓在地上，她雙手緊按在棉被上，那頭貓，顯然被壓在棉被之下！

一看到這種情形，我不禁大吃一驚，白素可能還不知道那頭貓的厲害，她以為用一張厚厚的棉被，將貓壓住，就可以沒有事了。

但是，我卻知道，那頭貓的爪，利得超乎想像之外，棉被雖然厚，他一樣可以抓得穿。

所以我急忙叫道：「你快讓開！」

白素卻還不肯走，道：「我不能讓開，掙扎得厲害！」

這時候，白素按着棉被，棉被下的那頭貓正在竭力掙扎着，從那種掙扎的程度來看，白素按着的，不像是一頭貓，倒像是一個力氣十分大的人！

我已拿着網，走了過來，也就在這時，白素發出了一下驚呼聲，身子站了起來。

不出我所料，貓爪已經抓裂了厚厚的棉被，一隻貓腳，已經自棉被中直透了出來。

我揮動着那張網，連棉被罩在網中，然後，收緊了網口，白素避得快，並沒有受傷。

等到我收緊了網口之後，我們兩人才鬆了一口氣，雖然我們對付的，只不過是一頭貓，但其激烈的程度，卻是難以想像的。

當我將貓和棉被一起網住的時候，貓還是裹在棉被之內的。

但是這頭老貓，卻立時掙扎着，撕裂棉被，自被中鑽了出來，牠發出可怕的叫聲，咬着、撕着，想從網中掙將出來。可是那張網是用十分結實的尼龍繩結成的，牠一時之間，難以掙得脫。

那張棉被，在網中，已成了一團一團的碎片，白素走了出去，推了一隻鐵籠進來，那也是我們早就準備好的，我提起網，放進鐵籠，將鐵籠完全鎖好，才鬆開了網口，那頭大黑貓怪叫着，跳了出來，在籠中亂撞。

我先抖動着網，將網中的破棉被全抖了出來，然後，才縮回網來，那時，我可以好好地注視着在籠中的那頭大黑貓了。

第八部

和一隻貓做朋友

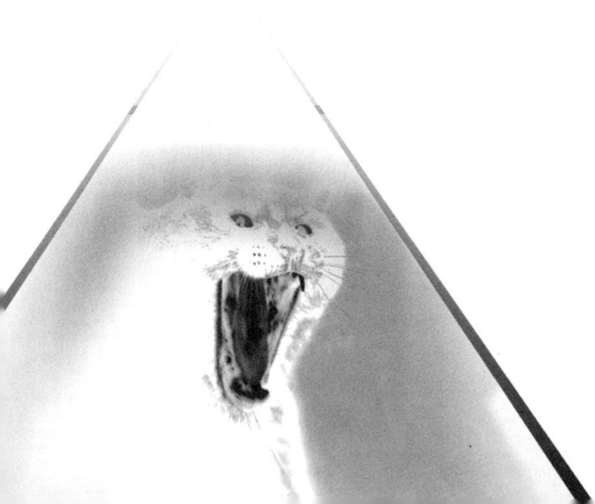

我曾經和那頭大黑貓面對着許多次，但是每一次，都是緊張和充滿刺激的，根本沒有機會好好打量牠，只有現在，牠在鐵籠之中，是絕對逃不出來的了，我才能對牠作仔細的觀察。

我和白素都盯着牠，黑貓在鐵籠中亂撞，撞擊的力量之大，令得鐵籠也為之左右搖擺不定。

但是，只過了幾分鐘，牠像是發現自己再掙扎下去，也是沒有用的了，是以牠靜了下來，伏着，望着我們，發出一連串「咕咕」的聲音。

那是一頭極大、給人以極度怪異之感的黑貓，尤其當牠沒有了那條長尾之後，看來更是怪異。

白素最先開口：「好怪的貓，你看牠的眼睛，充滿了仇恨！」

那的確是一對充滿了仇恨之光的眼睛，暗綠色的光芒之中，有一股使人戰慄的力量！

但是，牠已被我關在籠子中了，我自然不會怕牠！

我立時冷笑了一聲：「我眼睛中仇恨的光芒大概也不會弱，你要記得，牠將我們的家破壞得如此之徹底！」

講到這裏，我忽然一陣衝動，抬起腳來，向鐵籠「砰」地踢了一腳，大聲道「妖貓，你也有落在我手上的一天，哈哈！」

這實在是毫無意義的話和動作，但是我做了，而且，我在做了之後，還像小孩子那樣，高興得「哈哈」大笑起來。

大黑貓卻是蹲着，發出「咕咕」聲，我對白素道：「怎麼處置牠？有一位朋友很喜歡吃貓肉，據說老貓的肉，特別好吃！」

白素皺起了眉，搖着頭道：「別開玩笑了，貓又聽不懂你的話，不知道你在恐嚇牠！」

我又掉轉頭，去看鐵籠中的那頭貓。在那一剎那之間，我有一種強烈的感覺，我覺得白素錯了，那頭貓聽得懂我的話！

當我說到有人喜歡吃貓肉的時候，我千真萬確地感到，那頭貓的臉上和眼睛中，都現出恐懼的樣子來。

為了要證明這一點，我又對着牠狠狠地道：「我先用沸水淋牠，將牠活活淋死！」

當我這句話出口之際，顯然連白素也和我有了同樣的感覺！她陡然地叫了起來：「天，牠好像聽得懂你的話，知道你在恐嚇牠！」

那頭貓聽得懂我的話，實在是沒有什麼疑問了，因為當我說及要用沸水淋牠之際，牠的神情，又驚恐又憤怒，身子也在發抖！

我和白素互望了一眼，貓或狗，本來就是十分聰明的動物，但是聰明到能聽得懂充滿威嚇的語句，這就有點匪夷所思了。

或許是我在講那幾句話的時候，神情十分凶狠，所以那頭老貓才感到驚恐。

為了要進一步證明這一點，我轉過身去：「我已經決定了，將牠淋死，將牠的皮剝下來，製成標本，作為我重新布置客廳時的裝飾。」

我在對白素說那幾句話的時候，一面向白素做手勢，示意她留意那頭貓的反應；另一方面，我是背對着那頭大黑貓的，而且我將語氣放得相當平靜。

在那樣的情形下，如果那頭老貓聽不懂我所講的每一句話，牠是不會有特別反應的。

可是，我的話還沒有講完，已經看到白素現出了十分驚訝的神情來。我連忙轉過身來，只見那頭老貓躬起了身子，全身的毛都倒豎起來，從牠的那種神態看來，牠顯然是緊張到了極點！

白素忙道：「牠剛才惡狠狠地撲了一下，看來，牠是想撲向你的！」

我蹲下身子，和那頭大黑貓正面相對，我大聲道：「你完了，你再也不能作怪了！」

大黑貓的毛張得更開，身子弓得很可怕，望定了我。

這時，我倒有點不知道怎麼才好了！

那是一頭不尋常的貓，我是早已知道了的，但是我卻不知道牠竟然不尋常到了這一個地步，牠竟可以聽得懂人的交談！

我向着牠笑了一下：「你聽得懂我在說什麼，那更好了，你是一頭妖貓，但是現在，不論你有什麼妖法，都難以施展了，你會被我處死！」

大黑貓仍是弓着身，聽着，暗綠色的眼，望定了我。

白素忽然道：「先將它推到地下室去再說，我不喜歡牠的那對眼睛。」

我也有同樣的感覺，我可以肯定，這頭大黑貓，可以聽得懂我的話，但是牠在叫什麼，我卻不懂，暫時，除了將牠先關在地下室之外，也沒有別的辦法。

我雙手按在鐵籠的柄上，我一走近鐵籠，那頭貓就直竄了起來，利爪抓住了鐵籠中的孔眼，整個身子掛着，又發出可怕的叫聲來。

那頭大黑貓的形象是如此之可怕，以致我推着鐵籠到地下室去的時候，白素要跟在我的後面和我一起去，怕我會有什麼意外。

我們來到地下室，退回到門口，熄了燈，在黑暗中看來，那對貓眼，更是可怕。

明如那頭貓在鐵籠之中，不可能逃出來，但是為了以防萬一起見，在離開地下室的時候，我還是小心地將地下室的門上了鎖。

回到了臥室，白素望了望我，低下頭去：「我忽然感到，我們該和那頭貓化敵為友才好。」

我苦笑了一下：「你怎麼對牠說？牠會領略我們的好意？」

白素皺起了眉：「或者，我們該將牠放出來。」我吃了一驚，雙手亂搖，我並不是一個膽小的人，可是一提起要將那頭貓放了出來，老實說，我就忍不住要心驚肉跳。

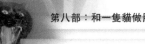

我忙道：「別傻了，好不容易將牠抓住，怎能將牠放出來？化敵為友那一套，對付壞心腸的人也未必有用，何況是如此兇惡的一頭貓！」

白素望着我：「那你準備怎麼辦？」

我勉強笑了一下：「當然，我不會真的用沸水去淋牠，我想，牠被我們捉住了之後，那位張老先生，一定十分着急，我在報上登一個啟事，叫他來和我們相會，大家商量一下。」

白素嘆了一聲：「那張老頭，可能比大黑貓更難應付。」

我道：「也許，但是他總是人，至少我們可以講得通，而且，張老頭也沒有鋭利的爪。」

白素道：「別冤枉了貓，人有刀、有槍、有炸彈，何必還要靠利爪？」

我呆了一呆，笑道：「你怎麼啦，忘了那頭貓帶來了這樣徹底的破壞！」

白素白了我一眼：「你也別忘了，是你先使牠失了一條尾巴。」

我攤開手：「好了，這頭妖貓，知道有你這樣的一個辯護者，不知道會怎樣感激你！」

白素嘆了一聲，不再說什麼。

連日來的緊張已經過去，我已經捉到了那頭貓，我覺得十分輕鬆，自然也覺得很疲倦，是以打了一個呵欠，躺了下來，不久便睡着了。

第二天，我醒來的時候，已經是大白天。白素不在牀上，我大聲叫了兩下，也沒有人應我。

我嚇了一跳，因為有一頭妖貓在家裏，任何事都可以發生，我一面叫着，一面下了樓，到了樓下，才聽到白素的聲音，自地下室傳了出來：「我在這裏！」

我衝進了地下室，看到白素坐在那隻鐵籠之前，鐵籠中有兩條魚，那隻貓，天保祐，還在籠中，縮在一角。

白素一看到我進來，就道：「你看，牠不肯吃東西，可能因為被困在籠中的緣故。」

我冷笑着：「那麼怎樣，還在餐桌上插上鮮花，請牠吃飯？」

白素不以為然地道：「你什麼時候變得那麼刻薄，牠只不過是一頭貓！」

白素笑了起來：「看，你也在不知不覺之中承認，人比貓可怕得多了，這頭貓，我想，我可以和牠做朋友的，你信不信？」

我吃驚地道：「不信！」

白素張了張口，可是她還沒有出聲，我已經知道她要說什麼了，我立時又道：「想要將牠放出來，那更是萬萬不行！」

白素沒有和我爭辯，只是道：「你說登報紙去找牠原來的主人，什麼時候去？」

我不願在那頭貓的面前，多討論什麼，是以我作了一個手勢，等白素和我一起走了出來，才道：「我吃了早點就去，希望晚報登出來之後，今天晚上，就可以會見張老頭了。」

當我講完那幾句話之後，我又特別叮囑道：「你千萬別做傻事，要是將那頭貓放了出來，你會後悔的！」

白素笑道：「你放心！」

我吃了早點，出門，臨出門的時候，我聽覺得有點精神恍惚，好像白素留在家裏，會有什麼意外。但是我想到，只要那頭貓仍然在鐵籠中的話，應該不會有什麼意外的事情發生。

而且，我至多離開一兩小時，立即就要回來的，所以我除了再叮囑一遍，着白素不能將貓放出來之外，也沒有採取什麼別的行動。

一小時後，我從報館回來。

當我在歸途的時候，我那種精神不安的感覺更甚了，所以我一進門，就大聲叫着白素。

白素沒有應我，屋子中靜得出奇，我心怦怦跳了起來，直衝到了樓上，仍然不見白素，我一面不斷大聲叫着，在樓上轉了一轉，立時又奔了下來。

被破壞的客廳仍然沒有恢復，看來更令人心煩意亂，我又大聲叫了幾下，才看到白素從廚房中，走了出來。

一看到了她，我才大大鬆了一口氣，忙道：「你在什麼地方？」

我的神態如此焦急，但是白素看來，卻是十分優閒，她道：「我在地下室。」

如果不是看到白素好好地在我的面前，一聽得她自地下室出來，我一定會嚇上一大跳了，我急忙道：「你到地下室去幹什麼？」

白素向我笑了一下：「我説了，你可別怪我！」

我皺着眉，白素那樣説法，一定是有道理的，而且，我可以知道，她那樣説，一定和被囚在地下室的那隻老黑貓有關。

我嘆了一聲：「白素，別去惹那頭貓，不然你會後悔的。」

白素調皮地笑了一下：「我已經惹過那隻貓了，但是沒有後悔。」

一聽得她那樣説，我不禁緊張了起來，立時握住了她的手：「你做了些什麼？」

白素道：「別緊張，我始終覺得那頭貓，不是一頭平常的貓，我們也不應該用對付平常惡貓的態度去對付牠，所以，我想和牠做朋友。」

我嘆了一聲：「你別忘記，牠簡直是一個兇手！」

白素拉着我，走得離開廚房些，像是怕那頭在地下室的老貓聽到我和她的交談。

她拉着我到了樓梯口，才道：「不錯，我們知道牠殺過一條狗，但是你要明白，當一頭獵犬撲向一隻貓的時候，除非這隻貓根本沒有自衛的力量，不然，你怎能怪那頭貓是兇手？」

我瞪大了眼，不說話，白素又道：「牠和老布的情形，也是一樣，你想想，不論牠怎樣凶，牠總是一頭貓，而你竟出動了一隻可以和野牛作鬥的大狗去對付牠，牠怎能不盡力對抗？」

我仍然沒有出聲。

在這時候，我並不是在想如何才能將白素的話駁回去，我所想的是，白素的話，多少有一點道理。

自我一見到那頭大黑貓開始，我就對牠有極深刻的印象，也可以說是極壞的印象，是以我對付牠的方法，一直是敵對的。

那麼，是不是我的方法錯誤了，以致我和牠之間的仇恨愈來愈深了呢？

如果是我錯了的話，那麼，白素試圖用比較溫和的辦法來對付那頭老黑貓，就是正確的了。

只不過我雖然想到了這一點，心中還是很不放心，我想了片刻，才道：「剛才，你有了什麼成績？」

白素看到我並沒有責備她，反倒問她剛才有什麼成績，她顯得很高興：「有了一點成績，我和牠講了許多話，牠對我很好。」

我不禁苦笑了一下，如果是一個不明究竟的人，一定不知道我們所談的是一頭貓！

白素繼續道：「我進去的時候，牠顯得很不安，在鐵籠之中，跳來跳去，發出可怕的吼叫聲，我一直來到鐵籠邊，對牠說，我知道牠不是一頭普通的貓，同時，也明白我們之間的關係不很正常，可以改善，牠聽了之後，就靜了下來。」

我苦笑了一下：「這聽來有點像神話了，一頭貓，竟能聽得懂這樣深奧的話。」

白素一本正經地道：「牠真是懂的！」

我揮着手：「好，算牠真懂，你又向牠，講了一些什麼？」

白素道：「我說，我們可以做朋友，我可以不當牠是一隻貓，而當牠是和我們有同等智慧的動物。」

我仍然不免有多少恨意，「哼」地一聲：「牠可能比我們要聰明。」

白素道：「是啊，所以我們更要用別的方法對付牠。我又對牠說，我們不記着牠破壞我們客廳的事，也希望牠不要記得牠斷尾的事。」

我皺着眉：「牠怎麼回答你？」

白素笑了起來：「牠當然不會回答我，但是牠表示得很安靜，只是望着我，好像在十分認真考慮我所提出來的問題。」

我苦笑了一下，白素道：「就在這時候，你回來了，你大聲叫我，牠一聽到你的聲音，又開始不安起來，所以，我想你也應該對牠有所表示！」

我有點惱怒：「叫我去向牠道歉？」

白素道：「你怎麼了？像小孩子一樣，現在重要的，不是誰向誰道歉，我們主要的目的，是要弄清楚，這頭貓究竟是怎麼一回事，我現在已發現愈來愈多的神秘問題，再加上你所發現的那些，你不認為我們要盡一切可能去弄明白它？」

我深深地吸了一口氣，這頭貓怪異的地方，實在太多了，如果不弄個明白的話，就算真的將牠用沸水淋死，也不過使我出了一口惡氣，這個疑團，一定要橫在我的胸口，塞上好幾年。

我考慮了半晌：「照你所說，他聽到了我的聲音之後，就表現了如此不安，如果我去見牠——」

白素不等我講完，就道：「那要看你了，如果你真有和牠化敵為友的決心，我想牠是會接受的，我已經證明了這一點。」

我又想了片刻，才道：「好，我去試試。」

白素看到我同意了她的辦法，興高采烈，陪着我一起走向地下室。

我才走進地下室，那頭大黑貓在鐵籠中，就立時躬起了背來。

一看到牠那樣醜惡兇猛的神態，我要竭力克制着自己，才繼續向前走去。

而在我繼續向前走去的時候，老黑貓的毛，開始一根根地豎了起來。

我心中已經打定了主意，既然要照白素的辦法試一試，那麼，就不應該將牠當作是一頭貓，而將牠當作是一個人，一個脾氣古怪、兇暴、十分難以對付的人。

來到了鐵籠之前，我裝出輕鬆的樣子來，攤了攤手：「好了，我想，我們之間的事情，應該算過去了，你吃了虧，我也吃了虧。」

那頭老黑貓發出了一下可怕的怪叫聲來，我繼續道：「你是一頭不尋常的貓，我已經知道，如果你真是不尋常的話，你就應該知道，我和你繼續作對下去，吃虧的只是你，絕不是我！」

老黑貓的腹中，發出「咕咕」聲，躬起的背，已經平了下來，豎起來的黑毛，也緩緩落了下來。

如果不是我會錯意的話，那麼，老黑貓的確已經接受了我的提議了。

我和白素互望了一眼。

這時候，我們都知道，我們都到了一個最難決定的關頭了。

因為我們如果要和那頭老黑貓做朋友，消除敵對關係，那麼，我們就應該將牠從鐵籠之中放出來。

可是，將那麼可怕的一頭貓從鐵籠中放出來，這是一件一想起來就叫人不寒而慄的事，我和白素心中都在想着同一個問題。

白素緩緩吸了一口氣，對着鐵籠道：「你能不與我們為敵？我們要將你放出來了！」

那頭黑貓在鐵籠中，人立了起來，在那時候，牠的態度是十分柔順的，看來像是一頭馬戲班中久經訓練的貓兒一樣。

一看到這等情形，我心中陡地一動：「如果你真的不再和我們為敵，那麼，你點三下頭。」

我的話才一出口，那頭老貓一面叫着，一面果然點了三下頭。在那一剎那間，我心中只感到，這頭貓除了不能講話之外，簡直和人沒有什麼差別！

我知道牠的骨骼鈣化組織，已經超過一千年，如果牠真是活了三千歲的話，牠自然應該懂得人語，但是，真有活了一千歲的貓麼？

我走近鐵籠，先將手放在籠上。

本來，那樣做已經是十分危險的事，因為那頭老貓可以將牠的利爪，從籠中伸出來抓我，可是那時候，那頭貓沒有什麼異動。

我又和白素互望了一眼，我們都下定了決心，既然，我們和那頭老黑貓直處在敵對情形之下，沒有解決的辦法，那麼，就只有冒險試一試了。

我手按在鐵籠上好一會，才拔開了鐵籠的栓，同時，後退了一步，鐵籠的門，「拍」地一聲，跌了下來，籠門大開，那頭老黑貓，已經可以自由出來了！

第九部

一個最不幸的人

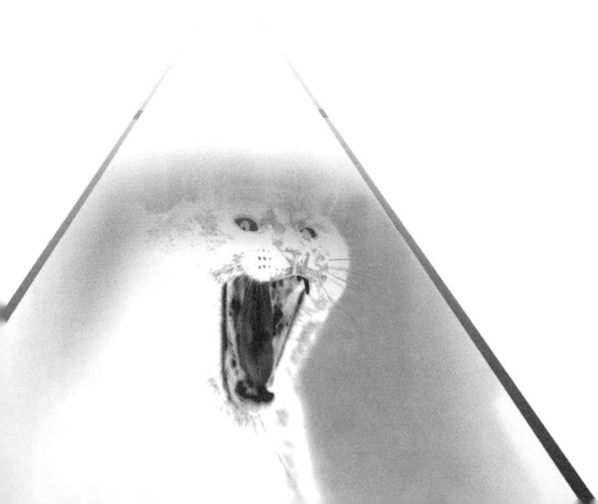

我和白素兩人，在那一剎那之間，心情都緊張得難以言喻，我反手按在一隻空木箱之上，萬一有什麼攻擊行動時，可以還擊，那樣，至多給牠逃脱，也不至於再吃牠的虧。

我們兩人都是緊張得屏住了氣息的，看那頭貓時，在鐵籠的門倒了下來之後，牠的神態也緊張得出奇，牠並不是立即自鐵籠之中衝了出來，而是伏在鐵籠的一角，一動也不動，只是望着我們。

人、貓之間，相持了足有一分鐘之久，還是白素先開口，打破了難堪的沉寂，她道：「你可以出來了，你已經自由了！」

那頭老黑貓的身子，向上挺了一挺，身子抖了一下，當牠的身子抖動之際，牠全身的黑毛，全都鬆散了開來，然後又緩緩披了下來，看來顯得格外柔順烏潤，再接着，牠就慢慢走了出來。

當牠來到籠口的時候，牠又停了一停，然後，走向外，一直向我們走來。

當牠無聲無息、緩緩向我們接近的時候，真像是一具幽靈在向我們移動，雖然牠看來好像不像有什麼敵意，但是誰知道牠下一步的行動怎樣？牠離我們近一點，危險程度，便增加一分！

牠一直來到了離我們只有六七呎處，才停了下來，抬起頭，望着我們，在牠的腹中，不斷發出一陣陣「咕咕」的聲音來，又張口叫了幾聲。

看牠的神態，實實在在，牠是想和我們表達一些什麼，但是，我們卻不知道牠究竟想表達一些什麼。但是有一點倒是可以肯定的，那便是我們之間的敵意，已經減少到最低程度了。

白素在那時候，向前走出了一步，看她的神情，像是想伸手去撫摸那頭老黑貓。

可是也就在此時，白素還未曾伸出手來，那頭老黑貓突然發出了一下叫聲，竄了起來，我大吃了一驚，連忙伸手一拉白素。

但我只不過是虛驚，因為那頭貓，並不是向白素撲過來，而是以極高的速度，撲向地下室的門口的，等到我們抬起頭來時，牠已經竄出門口去了。

我和白素忙追了上去，可是，當我們上了地下室，那頭貓已經不見了。

白素還在通屋子找了一遍，不斷地叫喚着，我道：「不必找了，牠早已走了！」

白素的神情，多少有點沮喪，但是她在呆立了一會之後，說道：「我們不算完全失敗，至少，牠對我們不再有敵意！」

我苦笑了一下：「也不見得友善，牠走了！」

白素皺起了眉，一本正經地道：「那是不能怪牠的，你沒有看到牠剛才的情形？牠像是想向我們表達一些什麼，但是人和貓之間，究竟難以溝通！」

我不禁笑了起來：「在人與人之間尚且無法溝通的時代，你要求人和貓之間的溝通，不是太奢望了麼？」

白素嘆了一聲，我也不知道她為什麼要嘆息，或許是因為那頭老黑貓不告而別吧。

那頭老黑貓的怪異之處實在太多，但是在我捉到了那頭貓並且和那頭貓打過了交道之後，我卻知道，要在那頭貓的身上解開這個謎，那是不可能的事。解開這個謎的關鍵，還在人的身上，而這個人，就是張老頭。

我已經在報上登了啟事，張老頭是不是會找我呢？

我在報上刊登的啟事，是以那頭貓已被我捉住這點來誘惑張老頭來見我的，但是，現在那頭貓已離去了，張老頭是不是還會來呢？

我並沒有將這一點向白素說，因為怕白素引咎自責，無論如何，要放出那頭貓來，總是白素最初動議的。

我和白素，都不約而同地絕口不再提那頭老貓的事，我們都不願意再提牠，雖然我們都知道，各自的心中，都在不斷地想着牠，但是我們都裝出了若無其事的樣子來。

當天晚上，有兩個朋友來小坐，當那兩個朋友離去之後，夜已相當深了，我們送到門口，轉回身來，忽然發現牆角處，有一個人在閃閃縮縮，欲前又止，我站定了身子，路燈的光芒雖然很黑，但是我立即看清了那是什麼人，我心頭怦怦亂跳了起來。

我陡地叫道：「張先生！」

白素那時，已走進了屋子，突然聽到我一聲大叫，她也忙轉回身來。

那在牆角處閃縮的，不是別人，正是我認為唯一線索的張老頭！

張老頭聽到我一叫，身子震動了一下，在那一剎那間，他像是決不定是逃走，還是向我走來。但是我已經不再給他任何猶豫的機會了，我急速地奔了過去，已經到了他的身前。

張老頭的神態很是驚惶，他有點語無倫次地道：「牠……牠在你們這裏？我已經來了很久了！」

我忙道：「張先生，你別緊張！」

張老頭仍然有點手足無措地道：「我……我……」

這時，白素也走了過來，笑道：「張先生，事情比你所想像的要好得多，請進來談談。」

張老頭猶豫着，但是終於跟着我們，走了進來。坐下之後，他仍然在四面張望着，看來他很急於想要見到那頭大黑貓，而且，他不安地搓着手。

我道：「張先生，你當然是看到了我的啟事之後才來的，不過，那頭貓已經不在了！」

張老頭震了一下，現出十分驚怖的神色來，我立時道：「你放心，你看看這客廳中的情形，這全是你那頭貓所造成的，在我們將牠關進鐵籠的時候，我真想將牠殺死的！」

張老頭聽到這裏，失聲叫了起來：「不，不能，你不能殺死牠，牠不是一頭貓！」

我呆了一呆，因為我不明白張老頭所說「牠不是一頭貓」這句話是什麼意思，因為那頭大黑貓，明明是一頭貓，只不過極其古怪而已。

我沒有繼續向下想去，因為我看到張老頭這時的神情十分緊張，我想他可能是神經緊張，所以講起話來也不免有多少顛來倒去的緣故。

所以我只是笑了笑：「當然，我沒有殺牠，我們發現牠聽得懂人的語言，我們想試圖和牠化敵為友，將鐵籠打了開來。」

張老頭吁了一口氣：「他怎麼了？」

我攤了攤手，道：「他走了。」

張老頭站了起來：「對不起，他有什麼得罪你們的地方，我來陪罪，既然他已經不在，我也要告辭了，再見，衛先生。」

張老頭已經站了起來，他是客人，在他表示要離去的時候，我也應該站起來的。但是我卻仍然坐着，並且搖着頭：「張先生，你不能走！」

張老頭以十分緊張的聲音道：「衛先生，你是沒有道理扣留我的。」

我微笑着：「你完全誤會了，我決不是扣留你，只不過是希望你留下來，我們一起來研究一些問題，有關那頭大黑貓的問題。」

張老頭顯得更不安。我道：「你大可放心，那頭貓將我的家中破壞成那樣子，而且還抓傷了我的肩頭，我都放他走了，我們之間，實在不應該有什麼敵

意。」

張老頭像是下定了決心，他突然提高了聲音：「我實在不能和你說什麼，真的，什麼也不能說，除非我和他見面之後，他自己同意。」

我略呆了一呆，在中國語言之中，「他」和「牠」聽起來是沒有什麼分別的，是以我一時之間，也弄不清他是在指什麼人而言。是以我問道：「誰？」

張老頭的回答卻仍然是一個字：「他！」

我還想再問，白素已插言道：「自然是那頭貓了！」

張老頭連連點頭，表示白素說對了他的意思。

我伸手撫摸着臉頰，不禁苦笑了起來，張老頭要先去和那頭貓討論過，才能答覆我的要求，他和那頭貓之間，究竟溝通到了什麼地步呢？他是人，人反而不能作主，要由一頭貓來作主，這無論如何，是一件十分滑稽的事情。

我瞪着張老頭，一時之間，還不知道如何回答他才好之際，白素已然道：「好的，張先生，我相信牠一定會回到你那裏去，你們好好商量一下，我認為，你們肯來和我們一起研究一下，對問題總有多少幫助。」

我呆了一呆，沒來得及阻止白素，張老頭已連聲道：「謝謝你，謝謝你！」他一面說，一面走到門口，白素還走了過去，替他打開了門，張老頭匆匆走了。

這時候，我不禁多少有點氣惱。等到白素轉過身來之後，我揮着手道：「好了，現在貓也走了，人也走了。」

白素來到了我的身前：「別着急，人和貓都會回來的。」

我悶哼了一聲，白素道：「你記得麼？那頭貓在離去的時候，很像是想對我們表達一些什麼，可是卻又沒法子表達。我相信張老頭和那頭貓之間，是互相完全可以了解對方的意思的。」

我心中又不禁生出了一點希望來，道：「你是說，在張老頭和貓又見面之後，貓會通過張老頭，來向我們表達一些什麼。」

白素點頭：「希望是這樣。」

我沒有別的話可說，除了「希望是這樣」之外，也沒有別的辦法可想了。

白素和我一起上樓，當走到樓梯中間的時候，白素忽然問我：「你記得麼，張老頭曾說過一句很古怪的話，他說，那不是一頭貓！」

我道：「記得，我想那是他的口誤，那明明是一頭貓，不是貓，是什麼？」

白素略想了一想：「從外形看來，那自然是一頭貓，然而，從牠的行動看來，牠真的不是貓！」

我無意在這個問題上和白素繞圈子，是以我揮着手：「那樣，牠依然是一頭貓，只不過是一頭怪貓而已，怎能說牠不是貓？」

白素固執起來，真是叫人吃驚的，她道：「張老頭和牠在一起的時間自然比我們長，他對牠一定更了解，他說牠不是貓，一定有道理！」

我不禁有點啼笑皆非，大聲道：「謝謝你，請你提到貓的時候，不要用『牠』這個代名詞，那使我分不清你在說一個人，還是一隻貓！」

白素卻喃喃地道：「我本來就有點分不清，那究竟是一個人，還是一隻貓！」

我大聲笑了起來：「好了，你愈說愈玄了，告訴你，那是一隻貓，有長耳朵，有綠色的眼睛，有鋭利的爪，有全身的黑毛，有長尾巴，那是貓，一頭貓！」

我講了那麼許多，對於那是一隻貓，實在是毫無異議的，可是白素居然還有本事反駁我，她道：「那只不過是外形！」

我搖了搖頭，和女人爭辯問題，實在是很傻的，我不想再傻下去了，所以我放棄了爭辯。

白素也沒有説什麼，這一晚，我可以説是在精神恍惚的情形下度過的。

第二天，上午我接到了老陳的電話，老陳在電話説道：「我這條命總算撿回來了！」

我吃了一驚：「你遭到了什麼意外？」

老陳有點惱怒：「你怎麼啦，不是我，是老布，那和我自己受了重傷沒有什麼分別！」

我忙不迭道：「對不起，很高興聽到了老布康復的消息，真的很高興！」

老陳嘆了一聲：「離完全康復還要很長遠，但是已經十分好轉了。」

我放下了電話，將手捏成拳頭，在額上輕輕敲着，一隻貓，一隻狗，再加上形式上的貓，老天，我真怕自己難以容納得下這許多怪誕的東西！

我嘆了一聲，聽到了門鈴響，心中動了一動，接着，就聽得白素在樓下，叫了起來：「快來看，我們來了什麼客人！」

我幾乎是直衝下樓去的，我也立時看到我們來了什麼客人，張老頭和那頭老黑貓！

張老頭已坐了下來，那頭老黑貓，就蹲在他的身邊，白素蹲在貓前。

張老頭和那頭大黑貓終於來了，這使我感到很意外，也有點手足無措。

我勉力鎮定心神：「你們來找我，是不是已經有了商量的結果？」

張老頭的神情顯得很嚴肅，他道：「兩位，我先要請問你們一個問題。」

我和白素兩人互望了一眼，都點了點頭。

張老頭仍然注視着我們，這時候，我們發現那頭貓，也以同樣的目光注視我們。

過了足足有一分鐘之久，張老頭才緩緩轉過頭去，對那頭貓道：「好，我說了！」

那頭老黑貓的前爪，利爪全都自肉中露了出來，抓在地板上，看來牠正處在極緊張的狀態之中，對於張老頭的話，牠沒有什麼特別反應，事實上，牠一動也不動，就像一尊石像。

張老頭又望了牠一眼，才嘆了一口氣：「兩位，他可以說是一個最不幸的人。」

我一聽得張老頭那樣說，立時像是被針刺了一下一樣，跳了起來：「你要更正你的話，牠是一隻貓，不是一個人！」

張老頭又嘆了一聲：「衛先生，你聽我說下去，就會明白了，牠的確是一個人，只不過牠原來是什麼樣子的，我也不知道，可能牠原來的樣子，比一頭貓更難看，根本不知道像什麼！」

我有點怒不可遏的感覺，但是白素卻按住了我的手臂：「張先生，你的意思是，牠不是屬於地球上的人，是……外地來的？」

一聽得白素那樣說，我也安靜了下來。因為我明白事情已經完全到了另一個境界了，在這個不可測的境界之中，是無所謂什麼可能或不可能的，一切的事都可能，因為人類對這個境界所知實在太少了。

我自然也明白白素所說「外地來的」的意義，這「外地」，是指地球以外的地方。在整個宇宙中，地球只不過是一顆塵埃，在宇宙中，有比地球更小的塵埃，也有比地球大幾千幾萬倍的塵埃，在這許多億億萬萬、無盡無數的地方，人類的知識與之相比，實在太渺小了！

我和白素都靜了下來不出聲，張老頭用一種很奇怪的眼色，望着我們，過了片刻，他才道：「我……不相信你們已經明白了。」

我緩緩地道：「張先生，我們已經明白了，事實上，這並不是什麼特別出奇的事情，在地球以外的地方，有高級生物，他們會來到地球，這實在一點也不稀奇，不用多少年，這種事情，就會像是一個人由南方到了北方一樣平常和不引人注意。」

張老頭又嘆了一聲：「那是你的想法，別人的想法不同，所以無論如何，要替這個可憐的外來侵略者，保守秘密。」

我皺了皺眉，因為張老頭忽然又改變了稱呼，他的稱呼變成了「可憐的外來侵略者」。這是一個在詞彙上而言，十分古怪的名稱，就像是「沸滾的冰琪琳」一樣。

張老頭伸手，在那頭大黑貓的頭上，輕輕拍了一下，在那一剎那間，我也清清楚楚，聽得那頭大黑貓，發出了一下嘆息聲來。

張老頭道：「牠本來是一頭普通的貓，和其他所有的貓一樣，正生長在貓最幸福的時代，那是埃及人將貓奉為神明、極度愛護的時候。」

我呆了一呆，和白素互望了一眼。

我們都不是特別愛貓的人，但是對於貓的歷史卻多少也知道一些，貓的確有過幸運時期和極其不幸的時期。

貓的幸運時期是在古埃及時代，那時，埃及人愛貓，簡直已到了瘋狂的程度，當敵人捉住了若干頭貓，揚言要對貓加以屠殺的時候，愛貓的埃及人會毫不考慮地棄城投降，為的是保全貓的生命。

然而，那是一個很遙遠的時代了，距離現在應該有多少年了？至少該超過三千年了吧！

超過三千年！

第十部

錯投貓體的侵略者

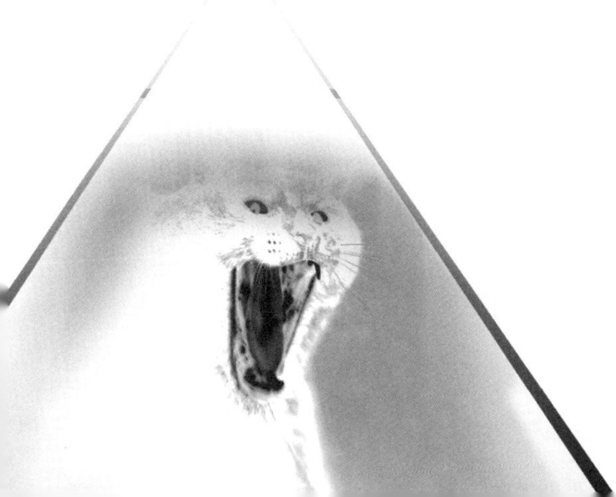

我的心中，陡地一驚，那頭老貓的骨骼鈣組織切片，不是證明它的確超過三千歲了麼？

我感到我漸漸有點概念了，我忙道：「我明白了，它自外太空來，約在三千多年之前，到達地球，牠是一個來自別的星球的貓！」

我自以為我自己下的結論，十分不錯，但是看張老頭的神情，我卻像是一個答錯了問題的小孩子一樣，他不斷地搖着頭。

等我講完，他才道：「你完全弄錯了，牠原來是在地球上的一隻黑貓。」

我呆了一呆：「你在開玩笑，你剛才說——」

這一次，張老頭揮着手，打斷了我的話頭：「請你一直聽我說，如果你不斷打岔的話，那麼，你就更不容易明白了！」

我吸了一口氣，不再出聲，但這時，我的心情既焦切，思緒又混亂，實在不知道究竟是怎麼一回事。

張老頭側着頭，做着手勢：「我們假定，在若干年前，某一個地球以外的星體上，一種高級生物中的一個，以某種方式，來到了地球——」

我實在並不想打斷張老頭的話頭，可是張老頭的話，我卻實在沒有法子聽得懂。

我不得不嘆一聲：「請原諒，什麼叫作『某種方式』？」

張老頭道：「那是我們無法了解的一種方式，他們之中的一個來了，但是我們卻看不到，也觸摸不着，但事實上他們是來了，從另一個地方，到了地球上！」

我聽得更糊塗了，但是看張老頭的情形，他顯然已在盡力解釋了。我不想再打斷他的話頭，我想，或許再聽下去，會明白的。

所以，我裝出明白的樣子來，點着頭：「是，總之，他們之中的一個來了，到了地球。」

張老頭點頭道：「對，事實就是這樣，他們在未到地球之前，對地球一定已有研究，但是研究的程度，並不是十分透徹，他們可能只知道地球上有許多

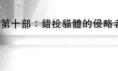

生物，而其中的一種生物，處於主宰的地位，是地球的主人，我們自然知道，那種生物就是地球人，但是他們卻不知道，他們從來也未曾見過地球上的任何生物，就像我們未曾見過其他星體上的生物一樣。」

張老頭的這一番話，倒是比較容易明白和容易接受的，是以我點了點頭。

張老頭苦笑了一下：「正是這個緣故，所以悲劇就降臨在牠的身上！」

張老頭指了指那個大黑貓：「我們回到第一個假設：有一個外太空的高級生物，到了地球，他是以我們不知的某種方式到來的，他到了地球，如果要展開活動的話，他就要先侵略一個地球人，從此，這個地球人就變成了是他，他的思想操縱那地球人，你明白麼？」

我長長的吁了一口氣，我明白，我豈止明白，我明白的程度，簡直在張老頭之上！

至少，我已可以假設出，張老頭所說的「某種方式」，是一種什麼樣的方式，那是一種一個生物，將他的腦電波聚成一股強烈的凝聚體，可以在空間自由來去的形式，這股腦電波有智慧、有思想但是卻無形無質，沒有實體，但如果它找到實體附上去，它就會是一個有實體、有智慧的東西。

我忙問道：「結果是——」

張老頭道：「這個來自外太空的人，到了地球，他要找的目的，自然是一個地球人！」

張老頭講到這裏，略頓了一頓，才又道：「可是，他卻從來也沒有見過地球人，埃及的一座神廟附近是他的到達點，他看到了在那廟中有許多貓，神氣活現、受盡了寵愛的貓，其中，以一頭大貓最神氣——」

張老頭講到這裏，白素「啊」地一聲，叫了出來：「他以為貓是主宰地球的最高級生物了！」

張老頭的臉上現出了一個苦澀的笑容來：「是的，你說對了，他以為貓就是地球上最高級的生物，他更以為那頭大黑貓是地球最高級生物的一個領導人，於是他就——」

張老頭講到了這裏，停了下來。

他停了足有半分鐘之久，在那半分鐘之內，靜得一點聲音也沒有，我、白素和張老頭三人，都屏住了氣息，而那頭大黑貓，也靜得一點聲都不出。

然後，還是張老頭先出聲，他道：「於是，他便侵入了那頭大黑貓的體內，從這一刻起，他也就犯了一個不可挽救的錯誤。」

我在竭力控制着自己，可是雖然是在盡力控制着，但是，在我的喉間，還是發出了一些我自己並不想發出的古怪的聲音來。

我現在明白張老頭所説：「他是一個最倒霉的侵略者」這句話的意思了！一個外太空星球上的高級生物，用地球人怎麼都料想不到的方式，來到了地球，他到了地球之後，可以進入地球人的身體之內，用他的思想，操縱地球人的身體，做他所要做的任何事情來。可是，他卻錯誤地將地球上的貓當作了人，進入了貓的身體之內！

這件事，如果細細想來，除了給人以極度的詫異之感外，還是十分滑稽的事，我幾乎忍不住想笑出來了。

可是，在那一剎那間，我又看到了那頭老黑貓那對墨綠色的眼球，我卻又笑不出來了。

也就在這時，白素低嘆了一聲：「那怎麼辦？他變成了一頭貓了！」

張老頭呆了半晌，伸手在那頭老黑貓的身上，輕輕撫摸着。

過了片刻，張老頭才道：「事情真是糟糕透了。當然，所謂糟糕，只是對他而言。對地球人來說，那卻是無比的好運氣。」

張老頭揮着手：「要知道，他能夠以這種方式來到地球，在三千多年以前，地球人的文明，還只是處於啟蒙時期，如果他成功地進入了一個人的身體之內，那麼，這個人，就立時成了超人，足可以主宰全地球，他也可以在若干時日之後，和他原來的星球，取得聯絡，報告他已經侵略成功，他更可以設法接引更多的同類到地球上來，將地球人完全置於他的奴役之下。可是，他卻進入了一頭貓的身體之內，變成了一頭貓。」

張老頭又苦笑了起來：「你是知道的了，一頭貓，不論牠神通如何廣大，牠都只不過是一頭貓，能夠有什麼作為？」

我和白素齊齊吸了一口氣，互望了一眼，我們的心中，都亂得可以。

張老頭所說的話，實在太怪異了！

但是我們又都先和那頭大黑貓打過交道，這頭大黑貓的許多怪異之處，的確也只有張老頭的那種說法，才能盡釋其疑。

白素低聲道：「張老先生，照你那樣說，他是以一種只是一束思想、無形無質的形態，來到地球的，那麼，就算他誤進了一頭貓的身體之內，他也可以脫離那一頭貓，而且，一個有着如此高妙靈巧思想的貓，也一樣會使人對牠崇拜的！」

張老頭徐徐地道：「你說得對，但是地球上的許多情形，外來者究竟不是十分明白。這本來是最好的一種侵略方式，用思想侵入人體，借用人體的組織，來發揮外來者的思想，照這個理論看來，侵入一頭貓或是一個人的身子，沒有不同。」

我和白素異口同聲地道：「正應該如此才是！」

張老頭搖着頭：「可是事實上的情形，卻並不是如此，外來者沒有料到，侵入了貓的身體之後，他的思想活動，便受到了貓的腦部活動所產生的電波的干擾，使他根本無法發揮原有的思想，貓的腦部活動的方式影響了他，使他原來的智慧，降低了不知多少倍，他只不過成了一頭異乎尋常的貓而已。也正由於這一點，是以他無法再脱離貓的身子，而轉投人身。」

聽到張老頭使用了「轉投人身」這樣的字眼，雖然，我的思緒還是十分亂，對於張老頭所說的一切，我還只有一個模糊的概念，但是，由於「轉投人身」這個詞，對於若干傳說是相吻合的。所以我的概念，倒明確得多了。

我將張老頭所說的話，整理了一下，用我所熟悉的詞句，將之作出了一個結論。

我用「靈魂」這一個詞，來替代張老頭所說的「某一種來到地球的方式」

這種說法。

「某一種方式」是一個不可知的方式，那十分容易引起人思緒上的混亂，實際上，這種方式，可能只是一束游離而又有主宰的腦電波，但這樣說，更容易引起紊亂。如果用「靈魂」這個地球人也熟知的名詞來代替，雖然不一定完全確當，那總是簡單明瞭得多了。

我們可以假設，進入這頭大黑貓身體的「他」，只是一個「靈魂」，而這個「靈魂」，是具有高度的智慧。但是，當「他」一投進了貓身之後，「他」變成了一頭貓，他的智慧便大大降低了。

我的腦中，在作了這樣的一番整理之後，對整件事，就比較明白得多了。

自然，我仍然充滿了疑問，因為張老頭所說的那一切，實在是聞所未聞，幾乎是使人不能接受的。

我的臉上，自然也充滿了疑惑的神色，我開口想問第一個問題，但張老頭不等我開口，就道：「你一定想問，他何以不會死亡，可以活那麼多年，是不

是？」

我本來並不是想問那一個問題，但是那也的確是我想問的問題之一，是以我並沒有再說什麼，只定點了點頭。

張老頭道：「那只不過是時間觀念的不同，在他來的地方、時間和地球上是不一樣的，在地球人而言，時間已過了三千多年，是貓的壽命的兩百倍，但是在他而言，還不到貓的壽命的十分之一。」

我有點不很明白張老頭的這個解釋，但是這並不是一個主要的問題，所以我也沒有再繼續問下去。只是先將他的說法囫圇吞棗地接受了下來。

然後，我道：「奇怪得很，他來了之後，誤投貓身，變成了一頭貓，那麼，難道他所在的地方，沒有繼續有別的人，用同一方式到地球來？」

我的這個問題，在這一連串怪誕莫名的事情之中，實在是平淡之極，毫不出奇的一個問題。

可是，我這個問題才一出口，張老頭的反應，卻異乎尋常。

首先，他的臉色變得極其蒼白，身子也震動了一下。看來，他是勉力要鎮定自己，但是他卻顯然做得並不成功，因為他的手在不斷發抖。

他過了很久，才回答我這個問題，在開始的時候，他的言辭很支吾閃爍，也很不連貫，以致我根本聽不懂他在解釋什麼。

在他講了很久之後，我才明白，他首先說的那些話，並不是直接在回答我的問題，而只是在向我說明，他也曾向那頭大黑貓問過同樣的問題。

其實，他是不必要向我作這樣說明的，因為他所知有關那頭大黑貓的事，當然是從那頭大黑貓那裏得來的，不然，他怎麼會知道？

是以我覺得他的態度很奇怪，我向白素望了一眼，白素顯然有同感，她正緊蹙着雙眉，看來除了疑惑之外，還在思索着什麼。

我欠了欠身子，張老頭才道：「我開始的時候已經說過，他到地球來的時候，對於地球的情形，還不是完全了解，不然，他也不至於誤投貓身了，在他們的地方，他遠征地球的行動，是被當作一項冒險行動來看待的，他一去之後，音信全無，自然也沒有了第二次的冒險。」

張老頭講到這裏，略頓了一頓，才又補充道：「而且，由於時間觀念的不同，他來到地球，在他們的地方而言，並沒有過了多久，他們那裏的人，可能還未曾發覺他已經出了事。」

這種說法，倒是可以解釋我心中的疑問的。

我又道：「你是不是知道，他誤投貓身之後，對他智力的減低，到達什麼嚴重的程度？」

張老頭嘆了一聲：「在開始的幾百年，我說的是地球上的時間，他完全變成了一頭貓，那情形真是糟透了。後來，才漸漸好了些，一直到一千多年之後，才稍為有一點進展，他曾想利用貓的力量來做一些事，但立時遭到了人類的反擊。衛先生，你自然知道，有一個時期，貓被人和巫術連繫在一起，幾乎所有的貓都被捉來打死、燒死。」

我點頭道：「是的，那是貓的黑暗時期，尤其是在歐洲，歷史學家一直弄不明白，何以一種一直受人寵愛的動物，忽然之間，會使人如此痛恨，幾乎要將牠們完全滅種！」

張老頭道：「那時候，牠在歐洲！」

我望着那頭大黑貓，不禁也苦笑了起來。不論講給哪一個歷史學家聽，說中古時期，人突然開始憎恨貓，將貓和邪術連正一起，全然是因為其中有一頭貓，在聯合其他的貓和人作對的緣故，那決不會有人相信的。

張老頭又道：「他遭到了失敗之後，知道在地球上，由於貓和人的智力，相去實在太遠，他無能為力，所以他離開了歐洲，到了亞洲，以後，又過了好久，在人對貓的惡劣印象淡薄之後，情形又好轉了。」

白素一直在靜靜聽着的，這時才問道：「牠當時做了一些什麼？」

張老頭像是不怎麼願意說，他的嘴唇掀動了一下，然後才很勉強地道：「牠的確害了一些人，牠用牠漸漸恢復了的智慧，去影響人的思想活動，那和催眠術有點相仿，被害人自然是『中了邪』，可是那沒有用，完全不能將貓和人的地位掉轉。」

我深深地吸一口氣，才道：「看來，那時的人，並沒有冤枉貓，貓的確是和邪術有關的。」

張老頭道：「那已經是過去的事了。」

白素又問道：「張老先生，你認識這頭貓，已經有多久了？」

張老頭對這個問題，多少又有點震動，他道：「我是自小就認識他的，或許是他感到，如果他不和人有溝通的話，他永遠沒有機會改善他的處境，所以他找到了一個小孩子作朋友，那小孩子就是我，那時，他的智力至少已恢復了一成——那已經比地球人聰明、進步得多了，我和他在一起幾十年，所以我們之間，已完全可以交換相互間的思想了。」

我和白素都沒有說話，因為在那樣的情形下，我們實在不知該說些什麼才好。

我們沉默着，張老頭又徐徐地道：「自從我可以明白他的意思之後，我就知道，他唯一希冀的，就是回去，回到他原來來的地方去！」

我揚了揚眉：「當然他不是想帶着貓的身體回去，那是不可能的，是不是？」

張老頭沉默了片刻，才道：「是，那是不可能的，他必須以來的時候的同一方式，脱離貓的身體離去。」

白素道：「你一直在幫助他，但是，你們，也一直沒有成功！」

張老頭難過地搓着手：「是的，我們沒有成功，我們已經知道如何才可以回去，但是，有許多困難，我們無法克服。」

我有點吃驚，因為根據張老頭的說法，他和那頭貓，一直在進行着一項工作，這項工作的目的，是要使那頭貓的「靈魂」和身體脱離，使那頭貓的「靈魂」能夠回到遠離地球、不知道多麼遠的地方去！

這種工作，是地球上任何科學家，想都未曾想到的事，而他們卻一直在做着。

而且，聽張老頭的口氣，他們在做的這項工作之所以尚未完成，並不是全然沒有頭緒，而只不過是遭遇到了若干困難而已！

單就這一點而言，張老頭和老黑貓，在思想範疇上，在科學研究上，已經遠遠地將地球人的科學進展拋在後面了。

我覺得手心在冒汗，忍不住問道：「你們用什麼方法，在展開這種工作？」

張老頭有點不安，他好像在規避我這個問題，又像是在為他自己推卸責任，他道：「一切方法全是由他提供的，我只不過動手做而已。」

聽到了「動手做」，我心中又不禁陡地一動，立時問道：「張先生，你在你的住所之中，不斷敲打，就是在『做』這項工作？」

張老頭顯得更不安，他不斷在椅子中扭着身子，然後才道：「是。」

我立時又道：「有一件事，你或許還不知道，要請你原諒，有一次，我曾偷進你的住所，打開了一隻大箱子，看到那大箱子中，有一隻盤子，八角形，一半釘着許多小釘子，你在做的，就是這個東西？」

我一面說，一面用手比畫着我所看到過的那個八角形盤子的形狀和大小。

張老頭顯得更不安了，但是不多久，他像是下了最大的決心一樣，挺了挺身子，道：「是！」

我不禁笑了起來，張老頭剛才講了那麼多，他所說的話，雖然荒誕，但是我是一直相信宇宙間是任何事情都可以發生的，所以也還可以接受，但是，他說那隻八角形的、有一半釘滿了小釘子的盤子，可以使那隻貓回到原來的地方去，我就忍不住笑了出來，那實在是太兒戲了，不可能的事！

我一面笑着，一面道：「張先生，那是一隻什麼魔術盤子？上面釘着一些釘子，有什麼用？它看來像是小孩子的玩具，怎可以完成你所說的，如此複雜得難以想像的一件事情？」

張老頭搖着頭：「衛先生，請恕我不客氣地說一句，別說是你，就是將全世界所有第一流的科學家集中起來，也不會明白的，因為地球上的科學知識實在太低，低到了無法理解這個裝置的複雜性的程度。」

我聽得他那樣說法，自然不大服氣，但是不等我再開口，張老頭又道：「舉一個例子來說，手電筒，那是何等簡單的東西，但是手電筒如果在一千年之前出現，那時候，集中全世界的智者來研究，他們能夠明白手電筒是為什麼會發光的原理麼？」

我將所要說的話嚥了下去。因為想到人類在幾百年之前，甚至還不知道手電筒那樣簡單的東西，而感到有點慚愧。

張老頭舉的這個例子，有着不可辯駁的力量，當時的人，雖然幼稚到不知道有手電筒，但當時，他們也是自以為已經知道了許多東西，是萬物之靈。現在，我們也自以為知道了許多東西，可是事實上，可能有在若干年後，簡單得如同手電筒一樣的東西，但是在現在說來，還是一個謎！

我不再反駁張老頭的話了，張老頭道：「你看到的東西——你將之稱為釘了很多小釘子的盤子，其實，那些細小的附着物，不是釘子。」

我道：「是什麼？」

張老頭攤了攤手：「我說不出來，說出來了，你也不明白，就像你對一千年之前的人，說到手電筒他也不明白一樣，那全然不是你們知識範疇內的事！」

我有點氣憤，道：「是你的知識範圍內的事？」

張老頭震動了一下，我那樣說，只不過是一種負氣的說法而已，看張老頭的情形，像是因為我的話，而受到了什麼傷害。

在好幾次同樣的震動之中，我也發現，張老頭對於提到他自己，總有一種異樣的敏感，不像是提到那頭大黑貓時，侃侃而談。

這時候，他又有點含糊不清地道：「當然，我……和所有的地球人是一樣的，這……只不過是……他傳授給我的知識而已。」

白素突然又問了一句：「你和他如何交談，用貓的語言？」

張老頭道：「不，他影響我，他用他的思想，直接和我的思想交流。」

白素立時道：「他能夠和你直接用思想交流，為什麼和別人不能？」

我也感到這個問題，十分嚴重，是以望着張老頭，要看他如何回答，和以前幾次一樣，問題一到了和他自己有關之際，張老頭就有點坐立不安起來。

他勉強笑着：「是那樣的，我和他在一起，實在太久了，有……好幾十年了。」

我沒有再追問下去，白素也沒有，因為這個解釋，多少是令人滿意的。

第十一部

要用大量電能

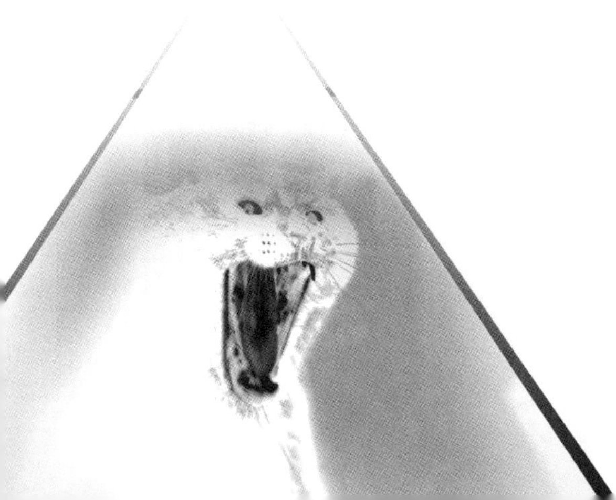

我又道：「那樣盤子究竟是什麼，就算我不明白的話，你總也可以約略說一說！」

張老頭想了一想，才道：「那是一種裝置，通過一種還未被地球上人類發現的能量而發生作用，可以使得一種特殊的電波，回復原狀，或者說，和貓腦組織的電波活動分離。」

張老頭一面說，一面望着我。我本來對他說的話，還多少有點不服氣的，但這時，我無話可說了。

因為他所說的一切，我確然是完全不懂。

張老頭一定是竭力要使我明白，我可以聽得出在若干地方，他使用了代名詞，但是結果，我還是只得到一點概念而已。

客廳中又靜了下來，張老頭嘆了一聲：「我需要很多錢，以及很多曲折，才能買到我所需要的一點東西，有的東西，是我們自己找到的，我們還少了一些東西，這就是困難的所在。」

白素誠懇地道：「我們能盡什麼力？」

張老頭又搓着手：「是的，如果你們肯的話，我們需要幫助，這便是我來看你們、和你們講出這許多一直不為人知道的秘密的原因。」

我道：「我們能給你什麼幫助？看來，我們什麼也幫不了！」

張老頭的神情很焦急：「如果你願意，你是可以做得到的，衛先生，我們需要用高壓電能來衝擊這個裝置中的某一部份，這種高壓電能，只有少數的地區才有，你能幫我們嗎？」

我苦笑道：「那我真是無能為力了，我又不是一個龐大的發電站的主持人！」

張老頭立時道：「可是你有親戚是！」

他一面說，一面向白素望去，在那一剎那間，我整個人幾乎跳了起來。

白素的弟弟，在某地主持一個相當龐大的工業機構，在那個工業機構之中，有一個附屬的強大的發電站，張老頭竟連這一點都知道，由此可知，他對我的

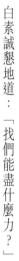

了解，遠在我對他的了解之上！

而且，我以前也太小看他了，我以為他是一個窮途潦倒的人而已，然而現在看來，顯然不是！

白素也現出驚訝的神色來，張老頭低下頭去：「請原諒，我是在找尋那種電壓的來源時，無意間發現白先生和你們之間的關係的。」

我冷笑了一聲：「你的調查工作做得真不錯。」

張老頭道：「如果肯幫助我，那麼，我還有一些很好的東西，可以作報酬。」

我大聲道：「是什麼？又是宋瓷花瓶？」

張老頭道：「比那對花瓶更好，有好幾部宋版書，還有畫，我可以全部給你們，這些東西的價值相當高！」

我忍不住生氣：「在給了我之後，好讓牠再去破壞麼？」

張老頭嘆了一聲，道：「他去毀壞了那對花瓶，是因為他很喜歡那對花瓶，不甘心落到旁人手中的緣故，而我又因為需要錢，不得不出賣它們！」

我緊追着問道：「這些價值連城的古董，你是從何處得來的？」

張老頭被我急速的問話，問得有一點不知如何招架才好的感覺，他道：「我……衛先生，請你讓我保持一點秘密好不好……雖然，我遲早會告訴你的！」

他那種狼狽的樣子，多少使人感到可憐！

我知道，好心腸的白素，一定會給他打動心了。果然，白素已在問道：「你如何使用高壓電？如果不是太困難的話，我想可以做得到！」

張老頭道：「很困難，要那個發電組合，完全歸我使用七天。」

我「哈哈」笑了起來，那是不可能的事，張老頭那樣說，等於是要那個工業組織，停工七天，這樣龐大的工業組織的七天停工，損失將以千萬美金計，不論他有多少古董，都難以補償。

我一面笑着，張老頭只是瞪大了眼望着我，在他的臉上，現出十分焦切的神情來。

白素也望着我，她的臉上，有不以為然的神色。我知道她最不喜歡在人家有危急事情的時候去嘲弄人，她顯然是不贊成我在如今這樣的情形下放聲大笑。

是以我止住了笑聲，一面搖着頭，道：「不可能，一個聯合性的工業組織，因為電力供應中斷七天，所受到的損失，是無可估計的。」

張老頭嘆了一口氣，他的神情極其沮喪，但是不論他是多麼熱切地希望得到使用發電組合七天的權利，他也不能不同意我的話。

他喃喃地道：「我也知道那很難，我來見你們，只不過是抱着萬一的希望而已。」

我明白，張老頭要是一直抱着這樣的希望，唯一的結果就是更加失望，所以我不得不向他潑冷水：「不是萬一的希望，簡直是沒有希望！」

張老頭長嘆了一聲，一聲也不再出，低着頭，望着那頭大黑貓，那頭大黑貓抬起了頭望着他。

由於一直只是和張老頭在交談，是以我的注意力，並不在那頭老黑貓的身上，直到此際，我才向那頭老黑貓望了過去。

真的，一點也不假，我在那頭老黑貓的雙眼之中，看到了一股極其深切的悲哀。

貓的眼睛之中，本來是不會有這種神色的，但是我已經知道，這頭貓，其實並不是貓，貓的生命早已結束了，代替貓的生命的，是來自外太空的一種不可知的生命，這種不可知的生命，頂替了貓的軀殼在生活着。

如今，這種不可知的生命，亟圖擺脫貓的軀殼，可是卻在所不能。

牠自然自始至終，聽得懂我們的談話，也一定聽到了我剛才對張老頭所說的話，牠自然也知道，牠沒有希望擺脫貓的軀殼，牠只能繼續在地球上做貓，而無法回到牠原來的地方去。

雖然這頭老黑貓是如此之可惡，給了我那麼多的困擾，而且，牠來到地球的目的是侵略，可是這時，當我看到牠雙眼之中那種可哀的神色之際，我也不禁有點同情牠，我望着牠：「真對不起，我想，我們不能給你以任何幫助！」

那頭老黑貓的背，緩緩地弓了起來，但是牠隨即恢復了常態，發出一陣咕咕聲來。

張老頭在這時，抬起頭來，他和那頭老黑貓的感情，一定十分之深切，因為這時，在他臉上所顯露出來的那種悲哀的神情，較老貓眼中悲哀的神色尤甚。

他抬起頭來之後，又呆呆地坐了片刻，在這時，我們誰也不說話。

然後，張老頭才站了起來，道：「對不起，打擾了你們，我也該走了！」

我們既然沒有力量可以幫助那頭老貓，自然也沒有理由再留着張老頭了，我只好勉強地笑了一下，道：「真對不起，真的。」

張老頭痛苦地搖着頭：「在如今這樣的情形下，我只要求你們一件事！」

我和白素異口同聲地道：「只管說，只要我們能力所及，一定答應你。」

張老頭現出了一絲苦笑：「那太容易了，我的要求是：請你們將剛才所聽到的一切，只當是一個荒誕的故事，千萬別放在心上，也不要對任何人提起。」

我和白素互望了一眼：「你可以放心，我們決不對任何人說。」

張老頭道：「那就真的謝謝你們了！」

在那一剎那間，我的心中，又突然產生了一種十分奇異的感覺，我感到張老頭和那頭貓之間的關係，絕不像是一個人和一頭貓之間的關係。

從他們這時的情形看來，他們之間的感情，是超越了人和貓的界限的。

那使我聯想起許多中外的童話和神話，類如一雙愛侶，其中的一個，忽然因為魔法而變成了異物，另一個痛苦欲絕，要使他復原。

很多傳說和神話中，有類似的故事，西洋童話中的「青蛙王子」和「白鵝公主」，更是誰都知道的。

中國傳說中這一類的故事也很多，在中國的小說之中，最凄婉動人、怪誕離奇的，要算是還珠樓主的一部小說，在那部小說之中，一雙愛侶的女方，竟變成了一隻可怖的大蜘蛛，而附在男方的胸前。

張老頭抱着貓，向門口走去，由於我的腦中，忽然有了這種念頭，是以我竟呆立着，並沒有送他。只讓白素一個人，送到了門口，打開了門。

到了門口，張老頭才又道：「我想我們以後，也不會再見面了。」

我苦笑着，無話可說，白素道：「張老先生，除了這個辦法，沒有別的辦法了麼？」

張老頭搖着頭：「沒有了，我需要大量的電力，這種電力，只有一個大發電站才能供應，除了向你們請求之外，別無他法。」

我也走到了門口：「可是事實上，那是做不到的事情。」

張老頭點着頭道：「我明白！」

他低下了頭，又呆立了一會，向外走去。可是他才走出了一步，白素突然叫了起來，道：「請你等一等，我想不是完全沒有辦法！」

我、張老頭，連那頭老貓在內，一起都望着白素，現出驚愕的神色來。

我也自以為是一個有辦法的人，當張老頭提出他的要求之後，我也想過了不少辦法，可是要一個龐大的工業組合停工七天，讓張老頭可以在這七天之中，使用這個工業組合發電部門的全部電力，那實在是不可能的事。

可是，白素卻說她有辦法，她有什麼辦法？

當我們全向她望去的時候，白素卻沒有說出她的辦法來，她只是道：「讓我去試一試，或許可以成功，當然，成功的希望相當微，而且可能需要相當的時日。」

聽白素的說法，好像事情又有了希望，張老頭緊張得口唇在發着抖：「那不要緊，時間是不成問題的，我們可以等。」

白素道：「那就好了，希望你給我一個聯絡的地址，一有了成功的可能，我好和你聯絡。」

張老頭猶豫着，並沒有立即回答，白素又道：「你怕什麼？我們已經知道了一切，而且，我們決計不會來騷擾你的。」

張老頭又猶豫了半分鐘之久，才道：「好的。」

接着，他便說出了一個地址，那果然是郊外的一處所在，我曾聽他和那頭老貓說過，他們要搬到郊外去的。

我仍然不知道白素有什麼辦法，但是有一點，我卻不得不提醒白素，我道：「張先生，現在你不會因為騷擾鄰居而搬家了吧？」

張老頭苦笑着，道：「我想不會了，雖然我仍然因為工作而不斷發出聲響來，但是我現在住的地方很好，五十呎之內沒有別的屋子。」

我點頭道：「很好，如果你又要搬家時，請通知我們一聲。」

張老頭嘆了一聲，我忽然又想起了一件事，道：「張先生，有一次你搬家，留下了一副血淋淋的貓的內臟，那是怎麼一回事？」

張老頭苦笑着：「我們一直在研究貓的身體結構，經常解剖貓，想尋出究竟有沒有別的方法，可以使貓的腦電波活動分離，但一直沒有結果，那一次，是我不小心留下來的。」

我道：「如果以後我們真能幫助你，那麼你應該感謝那次不小心了，因為如果不是那次不小心，我根本不會知道有這件事！」

張老頭用疑惑的眼光望着我，我因為自己無法給他幫助，是以心中很表示歉疚，也很想和他多說一些話，是以便將我在傑美那裏聽到了有關他的事的經過，和他說了一遍。

張老頭默默地聽着，並沒有什麼特別的反應，顯然他由於心中的愁苦，除了苦笑之外，沒有別的表情了。

我講完之後，他又嘆了一聲，抱着那頭貓，緩慢地向外踱了開去。

直到他轉開了街角，我們已經看不見他了，才退了回來，到了屋子之中，白素關上了門，輕輕地道：「真可憐，那頭貓。」

我道：「你應該說這個人真可憐，他一心想到地球來有所作為，但是結果卻變成了一頭貓，在他來講，三千年的時間雖然只不過是一個很短的時間，但是那總不是好受的事情。」

白素道：「豈止不好受，簡直是痛苦之極了，尤其是現在，當牠的智力可以發揮的時候，牠竟是一頭貓，唉，真是難以想像。」

我望着白素：「現在要靠你了，你有什麼辦法？」

白素呆呆地想了一會：「我的辦法，我現在不能講給你聽。」

她一面說，一面發出了神秘的笑容來。

我們夫妻之間，一向是很少有秘密的，但是，當白素表示她要保留一點秘密的時候，我也不會反對，而且，我心中在想，這件事，她事實上根本想不出任何辦法來，她那樣說，可能只是掩飾而已。

所以，當時我只是笑了笑，並沒有再追問下去。

第一天，我醒來時，她已經出去了，一直到中午才回來，道：「我已經辦好了旅行手續！」

我覺得十分訝異：「旅行？你準備到什麼地方去？不和我一起？」

白素道：「我單獨去，我想去看看我弟弟！」

我笑了起來：「你還是想幫助那頭老貓？」

白素道：「我要先去看看，有沒有這個可能。」

我覺得我有責任提醒白素，告訴她，她的任何努力都是白費的，當然，我要用較為緩和的口氣，婉轉地將情形告訴她。

是以，我想了一想，才道：「白素，你要明白，別說叫一個大的工業組合停止工作七天，就算是七分鐘，也做不到。」

白素眨着眼：「我知道。」

我又道：「而且，這不是任何金錢所能補償的事，一個工業組合，並不是獨立生存的，它必然和其他許多機構發生聯繫，譬如說，限期要交出來的產品，如果交不出來，就會影響別的工廠的工作，這可以說是一個和全世界都有株連的事情。」

白素微笑着：「我自然全明白。」

我笑着：「那麼，你的旅行計劃，是不是可以取消了？」

白素卻立即回答了我：「不，我還是要去，讓我去試一試，好不？」

她仍然沒有說出用什麼方法去解決這個問題，而我的責任既然盡到了，她一定要去，我自然也沒有理由反對，就讓她去一次吧！

所以，我點頭道：「好，你什麼時候動身？」

白素的回答很簡單：「明天。」

第二天，我送白素上了飛機，剛好有一個大人物也離開，傑美在機場負責保衛任務，我在要離開機場的時候，遇到了他。

他第一句話就問我道：「你這幾天在忙什麼？那隻貓怎樣了？」

我道：「沒有什麼，那隻貓——其實也沒有什麼特別，只不過是普通的老黑貓而已！」

傑美現出的神情，像是一個剛打到了對手、獲得了勝利的拳師一樣，他「呵呵」地笑着，道：「這一次，你也不能在一件平凡的事中，發掘出什麼新奇的故事來了吧！」

我冷冷地望着他，如果不是為了遵守張老頭的諾言和照顧傑美的自尊心的話，「蠢豬」兩字，已經要罵出口來了！

但當時我只是冷然道：「或許是！」

我沒有再理睬他，轉身就走。

第十二部

張老頭的來歷

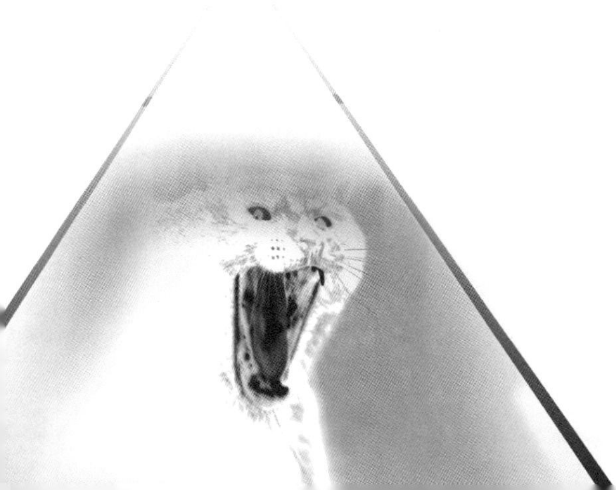

白素走了之後，屋中冷清了許多，也更使人軀不住，我一連幾天，都在外面，我曾想去拜訪一下張老頭，再和他談一談，但是我卻打消了這個念頭，因為我們曾答應過不去打擾他的。

我除了每天和白素通一個長途電話之外，對於這件事來說，可以說是沒有什麼進展。

如果要說再和這件事有關的活動，那麼，就是我曾到老陳那裏，看過老布。

老布已然完全康復了，這一次重傷，使牠瘦了不少，但是老陳眉飛色舞地告訴我，老布的胃口極好，可以一次吃盡五磅上好的牛肉（老陳幾乎沒有用神戶牛柳來餵他的寶貝狗）。而事實上，老布雖然瘦，依然一樣威猛，誰都可以看得出牠是一頭好狗。

當我和老陳告別之後，我想到那些狗，甚至只是接近了那頭貓，還未曾看到那頭貓之前，便已有異常的反應。

由此可知，動物對於一種微弱電波，有着異常敏鋭的反應，牠們一接近那頭大黑貓，就可以知道那頭大黑貓不是普通的貓了！

而人類説是萬物之靈，但在這一方面的能力，卻幾乎等於零。

每當晚上，我和白素通長途電話之際，總要問她一句事情有沒有進展，白素的回答照例是「沒有」。

一直到近二十天之後，白素的回答有改變了，她道：「有點進展了！」

我略呆了一呆，「沒有進展」，這可以説是意料之中，當然的回答。

但是現在，白素卻説「有點進展了」。

那是什麼意思，這樣的事，怎可能説「有點進展了」？我忙道：「你用什麼方法進行，現在，你可以告訴我了麼？」

我這個，也不是新問題了。對這個老問題的答案，白素也有了改變，她道：「還不能，可是我卻能告訴你，究竟為什麼不能在事先告訴你！」

我忙道：「為什麼？」

白素笑了起來：「因為告訴了你的話，你是一定會反對的！」

我呆了一呆，才道：「天，希望你不是在用什麼犯法的手段！」

白素不住地笑着：「放心，絕對合法！」

我仍然不知道白素在用什麼方法，當晚，我又仔細設想了幾十個可能，也想不出白素有什麼辦法，可以令得張老頭的願望得到實現。

自那次接到電話之後，又過了幾天，一天中午，電話鈴聲大作，我拿起電話來，竟聽到了白素的聲音，那是一次額外的電話，我意料到一定有什麼重要的事情發生了！

果然，白素的聲音十分急促：「快通知張老頭，他必須在後天晚上六時之前，到達我這裏！」

我嚇了一跳：「為什麼？」

白素道：「你這還不明白？只要他準時到，他就可以利用他所需要的電力。」

我更吃了一驚：「你，你用什麼辦法，使得張老頭的願望可以實現？我不相信你能夠說服工業組合的董事會停工七天。」

白素道：「當然，他們要停止工作七秒鐘都不肯，根本沒有商量餘地——」

我打斷了她的話頭：「那麼，你——」

白素道：「你怎麼一點也不留心時事？這個工業組織的幾個工會，已經決定大罷工了，大罷工在後日下午開始，一連七天，時間剛好夠張老頭用，全體六千多工人，全部參加，在這七天之中，所有的機構之中，只不過用點照明的電力而已。

我拿着電話聽筒，呆了好一會，令得白素以為我出了什麼事，不住地「喂」、「喂」地問着。

我呆了呆有一分鐘之久，才道：「老天，這場工潮，不是你煽動出來的吧！」

白素像是知道我會有此一問一樣，她的答案，也顯然是早已準備好的。

她道：「你平時太少看有關工人運動的書籍了，如果你看的話，你就會知道，好幾個着名的工運專家，都有同樣的理論，他們說，不論是大小工潮，決無法煽動得起來的，所有的工潮，全是因為種種內在的原因而自己爆發的。正像你不能製造一場火山爆發，但是世界各地，卻不斷有火山爆發一樣！」

我大聲嚷叫道：「坦白地說，你在這些日子來，究竟扮演了什麼角色？」

白素道：「別生氣，我只不過參加了當地婦女組織的活動，告訴工人的眷屬，她們丈夫的工作，實在應該獲得更好的待遇，她們家中的電視機，應該換上彩色接收的，她們家裏的牆紙應該重裱了，名貴的皮草，也不再是貴婦專享的東西了，如此而已！」

我嘆了一聲：「你闖了一個大禍，為了一隻貓，你竟……成了一場工潮的幫兇，你可知道，那會造成多大的損失？」

白素道：「工潮不因我而生，它是遲早要發生的，罷工的決定，是十分鐘前工會聯合會表決決定的，我甚至未曾參加這次會議！」

我苦笑道：「好了，好了！」

白素顯得很興奮，道：「我調查得很清楚，發電組合的工作，完全自動化，只要兩個人就可以完成發電過程，用氣體作原料，我和氣體供應的部門聯絡好了，他們聽說罷工，正在發愁，我去和他們一說，罷工期內，照樣要原料供應，他們高興得不得了，你看，我也不是專做破壞工作的！」

我喃喃地道：「太可怕了，和你做了那麼多年夫妻，竟然還不知你有那樣的能力！」

白素笑得十分得意：「親愛的，快去找張老頭吧，別浪費時間了！」

我無可奈何地問道：「要我和他一起來麼？」

白素道：「不必了，我這電話，是在機場打的，飛機快起飛了！」

我總算又高興了起來：「你回來了？」

白素道：「是，我已和弟弟講好，他和張老頭兩人，已足可以完成這件事，我再留在這裏，也沒有別的用處，而且我們也分別得太久了！」

我忙道：「是的，我來接機，我就去找張老頭！」

放下了電話，我立時駕車離家。

當然，在若干時日之後，我才知道，白素之急於回來，是因為她在那地方的一連串的活動，已被當地警方，當作了「不受歡迎的人物」，促請她離境的。

也當然，事後我陸續知道，白素的「連串活動」，包括在數十工人大會上慷慨激昂的演說在內，白素實在做得太過分了，難怪在事先，她要瞞着我。

如果我在事先知道了她的計劃，我自然會加以反對，幾乎沒有商量的餘地。

但是這時我想一想，也不得不承認白素的聰明過人，幾千個工人一起停工，工廠的一切活動，有什麼辦法不隨之一起停頓？這真正是釜底抽薪之計！

車子到了張老頭所住的那間小石屋之前，才來到了門口，我就聽到了一陣敲打聲。

我大聲叫了幾下，那頭大黑貓，首先從屋子之中，竄了出來。

接着，張老頭探頭出來，我忙道：「有好消息，你的願望可以實現了！」

張老頭的臉上，現出不可信的神色來，一時之間，他幾乎呆住了，不知怎麼才好。

我道：「你難道不讓我進來麼？」

張老頭這才打開了門，讓我走了進去。

石屋中的陳設，仍然很簡單，我看到那隻八角形的盤子，放在屋中央，地上還有不少工具，那盤子上，釘着的「小釘子」似乎更多了一些。

我望着那八角形的盤子，張老頭在我的身邊搓着手：「現在真是萬事齊備，只欠東風了。」

我拍了拍他的肩頭：「東風也有了，龐大的發電組識所產生的電量，可以供你使用一星期，但是——」

當我再次說明張老頭可以得到他所需要的大量電能之際，張老頭大概也知道我不是在開他的玩笑了，是以他現出高興之極的神色來。連那隻大黑貓，也突然之間，叫了起來，撲到了他的懷中。

可是，當我忽然又說出了「但是」兩字之後，張老頭又現出十分吃驚的神色來，顯然他是怕事情又會有什麼不利於他的變化。

他發怔似的望着我，我指了指那隻老黑貓，續道：「但是，我不知道，將牠送回去這件事，是不是對，牠是一個侵略者……牠來自一個比地球進步了不知多少年的另一星體，而且，牠在地球上住了那麼多年，對地球上的一切，可以說了解得再透徹也沒有了，如果牠回去之後，再發動一次大規模的侵略，地球上的人類，是根本一點抵抗的餘地都沒有。」

我在來的時候，已經將這個問題反覆考慮了好幾遍。這是一個十分嚴重的問題，而當我將這個問題說出來之後，我更感到這個問題的嚴重性，是以我的口氣愈來愈嚴重，神情也愈來愈沉重。

張老頭聽了我的話，現出很惶恐的神色來，他先俯下身，將老黑貓放到了地上，老黑貓倚在他的腳旁不走，看來好像也很緊張，因為牠身上的毛，在漸漸地豎起來，貓一到心情緊張的時候，總是那樣子的。

張老頭攤着手，以一種聽來十分誠懇的語氣道：「衛先生，現在我不能向你說明為什麼你所擔憂的情形絕不會發生，但是你一定會明白，我不是騙你，我會向你說明的，在若干天之後。」

我立時追問道：「為什麼要在若干時日之後？」

張老頭道：「我有我的為難之處，我請你幫那麼大的忙，本來是不應該再有什麼事隱瞞你的，但是，我實在有我的為難之處！」

張老頭說得十分懇切，而且，他那種神態，也確實使人同情。

我望了他片刻，又指了指那頭大黑貓：「是牠不讓你說出來？怕說出來了之後，會影響牠回去？」

張老頭神情痛苦地搖着頭：「也不單是如此，總之，你會明白，不用很久，我一定會詳細和你說明。」

我吸了一口氣：「你要知道，我的擔憂並不是沒有理由的，而在我的擔憂，沒有什麼切實保證之前，你要求我們這樣責任重大的承擔，這不是太過分一些了麼？」

張老頭也明知我講的話十分有道理，而看樣子他也的確有難言之隱，是以他只是唉聲嘆氣，並不再作什麼解釋。

我知道，我的話對張老頭的壓力已經十分大，可是張老頭仍然不肯說，這證明我不論再說些什麼，他總是不肯說的了。

我們之間，在維持了幾分鐘的靜默之後，張老頭先開口：「衛先生，如果你真的不相信我，我也沒有別的辦法了！」

我又望了他一會：「好，我相信你，我認識的人多，帶你去辦手續會快一點，不過，你要帶着一隻貓遠行，可能會不方便。」

張老頭忙道：「那倒不要緊，我有辦法，令得我和牠一起到達目的地的，你已經幫了我的大忙，我不能再要你操心了！」

我長長地嘆了一口氣，因為我根本不能確定我自己那樣做是不是對！

但是一切都已在進行，白素甚至去鼓動了一場大罷工，事情已經到了這一地步，自然不能就此算數，只好幫忙幫到底了！

而且，我也看出，張老頭決不是一個狡猾騙人的人，他一定還有很多難言之隱，我也相信，這些難言之隱，當他將那頭貓送回去之後，他一定會對我講明白的。

所以，我在長嘆一聲之後：「我們要爭取時間，你現在就應該跟我去辦手續了！」

張老頭看到事情已經有了決定，他如釋重負地鬆了一口氣：「等一等，我答應送給你的東西，現在我就拿來給你！」

他不等我有反應，就走進了房間中，推出了一隻木箱來，那木箱，就是我第一次到他家中的時候，看到的那隻大木箱。

當時，我揭開箱蓋，只看到那隻八角形的盤子，在盤子下面，是一塊木板，隔着箱子的下半部，也不知道箱子的下半部放了些什麼東西。

現在，他將箱子推了出來，打開箱蓋，又將那塊木板，掀了開來，我探頭望去，只是箱子中，有大約十幾部書，還有七八卷畫，我順手拿起了一本來，就不禁吃了一驚，我雖然對這一類的古董，算不上是內行，可是也看得出，那是真正的宋版書。

宋版書的價值是無可估計的，而在這箱子中，有着十幾部之多！

我又抖開了一幅畫，那是宋徽宗的一幅「雙鸚鵡」，我可以說從來也未曾見過那樣的精品，單是這幅畫，已經令我呆了半晌。

張老頭看到我很喜歡這些書畫，他也顯得很高興：「還不錯吧，本來我還有很多，可是近年來，為了生活，都變賣了！」

張老頭的這兩句話，不禁引起了我的疑心，因為從他現在這種簡單的生活來看，隨便賣出去一部書或是一幅畫，就夠他一輩子生活了，而他卻說「變賣了許多」。

我立時向他望去，張老頭似乎也知道自己的話，多少有點語病，是以他連忙道：「你知道，這種東西，本來並不值錢，後來才漸漸值錢的。」

我又呆了一呆，這句話，更使人莫名其妙了，什麼叫「本來並不值錢」，宋版書和宋瓷，什麼時候不值錢了？

但當時，我只是想了一想，並沒有再追問下去，我只是道：「你以後還要生活，如果你將這些東西全送給了我，你以後的生活怎麼辦？」

張老頭道：「我會有辦法的，你一定要接受，不然，我不知道怎樣表示對你的謝意。」

張老頭的那一箱書畫，價值無可估計。人總是貪心的，我自然也不例外，要我拒絕，我甚至沒有這個勇氣，但是我的心中，卻已經有了決心，這一箱東西，我至多保存一年，然後，將它們捐給博物館。

當然，我會捐給那個工業組合所在地的博物館，因為那七天的大罷工，必然會對該地造成極大的損失。雖然照白素的說法，沒有一個人能夠製造一股工潮，就像是沒有人可以使一座火山爆發一樣，但是白素到了那裏，為了要取得使用龐大電能的機會，多少起了推波助瀾作用，那麼，將這一箱珍貴的藝術品捐給當地的博物館作補償，自屬合理。

我和張老頭合力將箱子抬出去，放上我的車子，然後，我利用了人事關係，和他去辦手續，第二天一早，他就帶着貓走了。

而當天下午，白素就回來，她下機之後，見到了我，第一句話就道：「不許再將大罷工的責任，推在我的身上，我沒有那麼大的本領！」

我只好苦笑道：「你本領已經夠大了！」

白素白了我一眼，大有不再睬我的意思，我們一起回到了家中，客廳仍然很凌亂，我將和張老頭見面的經過，向她說了一遍，然後，我們一起欣賞着那些精品。

第二天，報紙上就有了大罷工的消息，看到了這種消息，我只好苦笑，我也不和白素提起。

日子一天天過去，我和白素之間，幾乎沒有再提起張老頭的事。

一直到了第八天早上，白素一面看報紙，一面對我道：「罷工結束了！」

我正在喝咖啡，望着咖啡杯：「張老頭不知怎麼樣，他成功了沒有？」

白素攤了攤手：「不論怎樣，我們總算已對一個可憐的人盡了力了！」

我苦笑着：「你說可憐的人，是指什麼人，張老頭，還是那隻貓？」

白素道：「你怎麼啦？那不是一隻貓，是一個智慧極高的人！」

對這一點，我們已經沒有異議，自然無法再和她辯駁下去。自那一天起，我們就一直在等着張老頭的消息，可是張老頭卻像是突然消失了一樣。

白素和她弟弟通了一個長途電話，據知，張老頭在那七天之中，所用去的電量，比他們整個工業組合所用的電還要多。

張老頭是不告而別的，連白素的弟弟，也不知道他到了什麼地方。

又過了三天，郵差來叩門，送來了一隻大木箱，約有兩尺長，一尺厚，半尺寬，說得難聽一點，簡直像是一口小棺材。

當我們打開那隻木箱之際，箱中所放的，赫然是那頭大黑貓！

當然，那頭大黑貓已經死了，牠的毛色看來也不再發光，眼珠是灰白色的，我們將牠取了出來，那不是標本，簡直已是一塊化石！

我望着白素，白素吁了一口氣，道：「成功了，他走了，只留下了一個軀殼，你看，這具臭皮囊多活了三千年，可是生命的意義並不在軀體上。」

我點了點頭：「這倒很有點超脱的味道，留下了軀殼，走了。」

白素道：「其實，我們每一個人都是那樣，不知自何而來，忽然來了，有了生命，但是沒有一個人能例外，每一個人，都要離開相伴幾十年的軀殼而去，也不知道到什麼地方去了！」

我望了白素半晌，白素説得很正經，而她所説的話，也很難反駁。

我只好道：「別再想下去了，再想下去，只怕你也要入魔了。」

白素勉強笑了一下，將那隻化石貓，放在一個架子上。我道：「張老頭這人，很不是東西，他怎麼不再來看我一下？」

白素嘆了一聲：「你對於張老頭，難道一點也沒有懷疑。」

我吃了一驚：「懷疑，什麼意思？」

白素仍然背對我：「我總覺得張老頭的情形，和這隻大黑貓是相似的。」

我直跳了起來：「你詳細説説。」

白素說：「我曾注意到，張老頭在說及他和那頭貓的時候，有幾次不由自主，說出了『我們』的字眼，但隨即亟亟更正。而且，為什麼我們不能明白那頭貓的思想，他能明白？」

我道：「那是因為他和貓相處久了！」

白素轉過身來：「多久？」

我呆住了，白素又道：「他出賣的宋瓷，送給我們的宋書和宋畫，那決計不是普通人所有的東西，他怎麼會有，你沒有好好想一想？」

我給白素的一連串問題，問得張口結舌。

過了片刻，我才道：「那麼，你的結論是什麼？」

白素緩緩地道：「張老頭活在地球上，至少有八百多年，他是宋朝末年來的，是來找那頭貓，你明白了麼？」

我只感到全身都起了寒慄，像是氣溫忽然低了四十多度一樣！

現在，我也明白為什麼張老頭他所變賣的東西。「原來並不值錢，後來才漸漸值錢」的了，宋版書在宋朝，當然不值什麼錢，宋瓷的情形，也是一樣！

我呆望着白素，白素緩緩地道：「我們再也見不到他，他也回去了！」

我沒有話好說，一句話也說不出來，隔了好久好久，我才道：「你是什麼時候發現這一點的？」

白素道：「有一次見到張老頭和那隻貓，我就發現了，女人對於和感情有關的事，一定比男人敏感，我發覺他和那頭貓之間的感情，決不是一個人和一隻貓之間的關係，你難道一點未曾想到過？」

我苦笑了一下，我想到過的，但是我卻沒有進一步地去想。

白素道：「或者，我的猜想並不可靠，但是，這至少是一種猜測！」

我嘆了一聲，沒有再說什麼，在這一天中，我只是發怔，什麼話也不想說。

第二天，我們又接到了一封信，拆開那封信，看完，我們又足足有幾小時沒有說話。

信是張老頭寄來的。

以下就是張老頭的信：

「衛先生、衛夫人：

很感謝你們的幫助，我們都回去了。他先回去，他就是那頭貓，是我最親密的人，關係類似你們的夫妻，我是來找他的，以你們的時間來說，已經八百多年了，他誤投貓身，我則投進了人體，我的情形比較好，可以自由來去，那是因為人的腦組織進步的緣故。我在他走了之後，寄出他留下的貓的軀殼，再寫信，我找了一個很隱蔽的地方，放下我寄居了很久的軀殼——如果被人發現，那將是一具不可思議的乾屍。衛先生可記得我的保證，我們不會再來！那是因為，我曾投進人身，不客氣地說，地球人太落後了，在我們看來，和貓沒有什麼分別，我們沒有理由，放棄自己的地方到地球來，就像地球人沒有理由放棄現在的生活，回到穴居時代一樣。再見，再三多謝你們。」

這就是張老頭的信。

在看完張老頭的信之後，心中一直不舒服了好幾天，他們——張老頭和老黑貓，那種來到地球的方式，很令人吃驚。

我可以斷定，張老頭和那老貓，他們的天性，還算是很和平的，這一點，從張老頭來到了地球，並沒有作出什麼破壞行動可以得到證明，或許他們那個星體上的高級生物生性十分和平。

但是在整個宇宙有生物的星體一定有很多，其他星體上的生物，是不是也會以同樣的方式來到地球？如果他們來了，而他們的天性又不是那麼和平的話，那又會怎樣呢？

這是一個無法繼續想下去的問題。

（全文完）

衛斯理小說典藏版 14

老貓

作　　者：　衛斯理（倪匡）
責任編輯：　黎倩雲　方　林
封面設計：　三原色　李錦興
出　　版：　明窗出版社
發　　行：　明報出版社有限公司
　　　　　　香港柴灣嘉業街18號
　　　　　　明報工業中心A座15樓
電　　話：　2595 3215
傳　　眞：　2898 2646
網　　址：　https://books.mingpao.com/
電子郵箱：　mpp@mingpao.com
版　　次：　二〇二一年七月初版
　　　　　　二〇二二年七月第二版
　　　　　　二〇二三年六月第三版
I S B N：　978-988-8687-91-6
承　　印：　美雅印刷製本有限公司